Uwe Goeritz

Aurelia
Geliebter Engel

Bibliografische Information der Deutschen Nationalbibliothek:

Die Deutsche Nationalbibliothek verzeichnet diese Publikation in der Deutschen Nationalbibliografie; detaillierte bibliografische Daten sind im Internet über http://dnb.dnb.de abrufbar.

© 2019 Uwe Goeritz

Coverfoto: Mohamed Hassan auf Pixabay.com

Covergestaltung: Uwe Goeritz

Herstellung und Verlag: BoD – Books on Demand, Norderstedt

ISBN: 978-3-7494-5128-9

Inhaltsverzeichnis

Aurelia - Geliebter Engel 7
   Die Chance des Augenblicks 8
   Ein neuer Auftrag 15
   Gefühle? Nein Danke! 21
   Moderne Zeiten! 28
   Schatten der Kindheit 35
   Drei sind einer zu viel! 41
   Freundschaften 48
   Mitten ins Herz 54
   Mann oder Frau? 61
   Herzlos? 67
   Sind wir in Gefahr? 73
   Zerbrochene Träume 79
   Unter Hypnose 85
   Entscheidungen 92
   Blitzlichter 98
   Arten der Liebe 104
   Ein ungeliebtes Vorbild 110
   Nicht nur ein Job! 116

Nachts am See 123
Verwirrung der Gefühle 131
Das fünfundzwanzigste Kleid 137
Drei kleine Worte 144
Nacht der Liebe 151
Ungeliebter Sohn! 159
Ein böses Mädchen 166
Freundinnen? 173
Engel der Nacht! 180
Reifeprüfung 187
Das falsche Ziel? 195
Tatsächlich Liebe! 202
Zwei Seelen 208
Neue Ziele 214
Das Ende aller Wünsche?! 218
Die Spitze des Pfeiles 222
Glücksgefühle 228
Engel und Mensch 233

Aurelia - Geliebter Engel

Aurelia ist seit über zweitausend Jahren als Engel der Liebe auf der Erde unterwegs. Viele Liebespaare hat sie schon mit ihren Pfeilen für immer aneinander gebunden. Doch diese neue Mission wird eine ganz besondere Erfahrung für sie.

Der Engel trifft auf eine Dämonin, die das Weltbild von Aurelia ins Wanken bringt. Warum kann sie selbst keine Liebe empfinden? Gemeinsam machen sie sich auf die Suche nach der Liebe, aber wird das vielleicht ihren Auftrag gefährden? Zumindest mischen die beiden unterschiedlichen Wesen die Stadt ziemlich auf und auch die Liebe kommt dabei nicht zu kurz.

Sämtliche Figuren, Firmen und Ereignisse dieser Erzählung sind frei erfunden. Jede Ähnlichkeit mit echten Personen, ob lebend oder tot, ist rein zufällig und vom Autor nicht beabsichtigt.

1. Kapitel

Die Chance des Augenblicks

Verschlafen sah er der Frau hinterher, die gerade aus dem Bett aufgestanden war. Er zog ihre Konturen mit den Augen nach und blieb an ihrem Hintern hängen, der sich sanft bei jedem Schritt bewegte. Die Frau war nackt, aber das schien sie nicht zu stören. Ihre schwarzen Haare fielen weit in ihren Rücken. An der Tür zum Bad blieb sie stehen, warf einen Blick über ihre Schulter zurück zu ihm und Peter sah den musternden Blick der Frau. Ihre blauen Augen schienen zu Fragen „Bist du noch da, wenn ich aus dem Bad zurückkomme?" Offensichtlich hatte sie ihn durchschaut. Sie verschwand und er hörte die Dusche. Es war Zeit zu verschwinden.

Der Schlaf war abgeschüttelt und mit geübten Griffen sprang er in seine Kleidung. Noch bevor die Dusche aufhörte, war er schon aus dem Zimmer und als er den Föhn hörte, da schloss er leise die Wohnungstür hinter sich. Wieder eine! Die wievielte war das gerade gewesen? Er hatte irgendwann aufgehört zu zählen. Für ein paar Augenblicke dachte er noch an die letzte Nacht zurück. Zwar hatte er ihr nicht gesagt, dass es nur für eine Nacht sein sollte, allerdings war es doch offensichtlich gewesen. Wer wollte schon mehr, wenn man sich auf einer Party traf? Er jedenfalls nicht! Einfach nur unverbindlichen Sex ohne Wenn und Aber. Ihr Blick hatte gerade eben etwas anderes ausgesagt und vermutlich hatte er deshalb so schnell die Flucht ergriffen. Sonst blieb er meist bis zu Kaffee. Selten traf er eine der Frauen mehr als einmal. Auf der Treppe nach unten schloss er auch dieses Kapitel ab.

Sonntagmorgen in der Stadt. Im Sommer. Kaum wieder auf der Straße ging sein Blick schon wieder voraus. Diese Jahreszeit war ihm die liebste Zeit im Jahr. Die Frauen trugen kurze Kleidung und er konnte ohne Probleme sofort ein neues Ziel ausmachen. Zwar nicht jetzt, denn erst mal musste er sein Frühstück einnehmen, aber sonst. Nicht viel Stoff, der auch noch kaum was verbergen konnte. Unliebsame Überraschungen blieben da aus. Vor Jahren hatte er so etwas noch erlebt, da hatte die Verpackung mehr versprochen, als der Inhalt dann halten konnte. Doch je wärmer das Wetter wurde, desto kürzer waren auch die Röcke und Oberteile. Nackte Haut blitzte überall dazwischen auf.

Obwohl er ja gerade nicht auf der „Jagd" war, ging sein Blick trotzdem unstet umher. Schließlich wollte er sich keine Gelegenheit entgehen lassen. Das Blitzen eines Bauchnabelpiercings zog seinen Blick auf sich. Ein Lächeln, das vielversprechend schien. Vielleicht ein anderes Mal. Pfeifend folgte er seinem Weg durch die erwachende Großstadt. Viele Menschen, viele Frauen, alleinstehende Studentinnen meist. Was konnte schöner sein? Am Wochenende waren alle auf ein Abenteuer aus.

Wenig später betrat der die kleine Bar und rief „Paul! Wie immer!" der Barmann nickte ihm zu und fast sofort hörte er das gurgelnde Geräusch der italienischen Kaffeemaschine aus der Ecke. Dieser Platz war ihm einer der Liebsten. In der Nacht war es eine Bar und am Tage ein Café. Der perfekte Platz für ihn. Ledige Frauen ohne Ende! Selbst jetzt saßen zwei davon an einem der Tische in der Ecke und unterhielten sich. Während Paul ihm das Frühstück vor die Nase stellte, musterte er schon die beiden Damen.

Seinem geübten Kennerblick entging kein Detail. Die eine war offenbar verheiratet, die andere nicht. Genüsslich trank er seinen Espresso aus und biss in das Croissant. Peter lehnte sich zurück und genoss sein Leben. Zu seinem Glück hatte er eine größere Barschaft geerbt, die es ihm ermöglichte, ein sorgenfreies Dasein ohne Beschäftigungen zu führen. Anders wäre dieses Leben auch gar nicht möglich! Seine Beschäftigung waren die Frauen. Und das Fitnessstudio, das er täglich aufsuchte, um fit für die „Damen" zu werden.

Sein Blick ruhte weiter auf der Unverheirateten. Über den Tassenrand hinweg musterte er sie von oben bis unten. Er zog ihre Kurven nach, die in der seitlich sitzenden Position der Frau deutlich zu erkennen waren. Dann blieb sein Blick auf ihrem Gesicht hängen und offensichtlich fiel ihr das auch auf, denn sie fasste sich unbewusst in ihr langes, rotes Haar, welches in Locken auf ihre unbedeckten Schultern fiel. Die Tasse war nun leer, aber auf ein Handzeichen hörte er wieder das vertraute Geräusch, wie eine Dampflok, die den Bahnhof verlassen wollte. Als Paul an den Tisch kam, fragte er leise „Wer ist sie?" und da Paul sein Beuteschema kannte, flüsterte er, ohne hinzusehen, „Das ist Roswitha. Die will übermorgen heiraten!" „Perfekt!", entgegnete Peter und setzte die Tasse an.

Die Frau sah kurz zu ihm und er nickte ihr unmerklich zu. Kurzer Augenkontakt und wieder griff sie sich in die Locken. Er kannte diesen Typ Frauen nur zu gut. Kurz vor der Hochzeit, mit der Angst, vielleicht doch noch irgendetwas zu verpassen. „Torschlusspanik" nannte man das wohl. Lässig zog er seine Jacke aus und setzte die Arme mit den Ellenbogen so auf die Tischplatte, dass die Frau seine Muskeln sehen musste. Sie schien einem Abenteuer nicht abgeneigt zu sein.

Und es gab noch einen Vorteil: diese Frau wusste, dass es nur ein Abenteuer sein würde. Unverbindlich, schnell und schmutzig! Alles andere konnte sie ja auch von ihrem Freund bekommen. Er würde nicht mal ein Wort sagen müssen. Alles würde sein Blick sagen. Jahrelang trainiert! Blieb eigentlich nur eine Frage: jetzt gleich oder später? Sein Blick ging an ihr vorbei zu einem Aushang, an dem der Tanzabend in der Disco neben dem Café beworben wurde. Roswitha folgte seinem Blick und las das Papier über die Entfernung, dann schüttelte sie unmerklich mit dem Kopf, während sie offensichtlich weiter mit ihrer Freundin sprach.

Frauen konnten das! Multitasking eben! Heftig flirten, heiße Blicke werfen und gleichzeitig mit einer Freundin unschuldig über Kleiderfarben reden. Wieder glitt das flammend rote Haar durch ihre schlanken Finger. Es wunderte Peter, dass die Freundin dies offensichtlich nicht bemerkte. Jeder Beobachter hätte doch da sofort seine Schlüsse gezogen. Nur die Frau eben nicht. Über die Entfernung von vier Metern hinweg flirtete Roswitha heftig mit ihm.

Mit ihrem Kopfschütteln war nun eigentlich alles geklärt. Sie wollte es jetzt und hier! Geräuschvoll erhob sich Peter und ging an ihr vorbei zu den Toiletten, die sich im hinteren Bereich der Bar befanden. Wenn er sich nicht sehr geirrt hatte, dann würde auch sie in wenigen Augenblicken ein dringendes Bedürfnis in diesen Bereich der Lokalität ziehen. Kurz betrachtete er sich im Spiegel, dann beugte er sich über das Waschbecken und ließ sich das kalte Wasser über die Hände laufen. Über den Spiegel darüber hatte er die Tür weiter unauffällig im Blick.

Wenn er sich nicht verrechnet hatte, dann würde diese sich gleich öffnen. Er zählte von Zehn zurück und war bei vier, als die Frau in dem Raum erschien. Da es der Waschraum der Herrentoilette war, war auch sofort alles klar. Peter drehte sich zu ihr um, deutete mit dem Kopf auf den Kondomautomaten neben der Tür und sie schüttelte erneut mit dem Kopf. Wortlos kam sie auf ihn zu. Ein kurzer Kuss, dann öffnete sie den Reißverschluss seiner Hose.

Zehn Minuten später verließ er pfeifend den Toilettenbereich, gab Paul einen Schein zur Bezahlung der beiden Kaffees, nahm seine Jacke und verließ das Café, noch bevor Roswitha nach vorn kommen konnte. Es war noch nicht mal Mittag und er hatte schon zwei Frauen gehabt. Peter blinzelte in die Sonne und dankte dem Vater für die kleine Erbschaft. Als Nächstes stand der Fitnessclub auf seinem Tagesplan.

2. Kapitel
Ein neuer Auftrag

Aurelia starrte auf den Monitor des Kontrollgerätes. Das konnte doch nicht wahr sein! Sie wendete den Blick zur Seite und fragte „Nicht wirklich der? Oder?" wie befürchtet nickte Gabriel neben ihr. „Das ist ein Scherz?", fragte Aurelia verzweifelt nach. „Unser Boss macht keine Scherze", entgegnete Gabriel und wollte sich von ihr wegdrehen, doch Aurelia hielt ihn zurück. „Diese Aufgabe ist zu schwierig!", sagte sie, „Bist du nun die Beste oder nicht?", setzte ihr Gabriel entgegen. Aurelia nickte, erklärte aber schnell „Bei ihm bin ich aber machtlos." „Wenn es eine schaffen kann, dann du!", sagte Gabriel und nickte ihr ermutigend zu, dann ging er und Aurelia sah wieder zurück auf den Bildschirm. Langsam folgte die Kamera dem Mann. Hübsch war er ja schon, aber war das alles? Seine Seele schien in Dunkelheit gehüllt zu sein. Das würde eine schwierige Aufgabe werden! Sie seufzte und schaltete das Gerät ab.

Missmutig zog sie sich einen Stuhl zum Tisch und schlug die Akte auf. Tausend Blätter, eng beschrieben! Die dickste Akte im ganzen Archiv!

Sie stützte den Arm auf, legte den Kopf in ihre Hand und der sauber geflochtene Zopf fiel nach vorn über ihre Schulter und berührte das Blatt. So wie ein Pinsel, der das Papier beschreiben wollte, so bewegte sich die Spitze des Zopfes bei jeder Kopfbewegung hin und her. Seite um Seite überflog sie den Text. Bei jedem Blatt seufzte sie mehr und wurde dann von einer Stimme unterbrochen. „Was machst du den für einen Lärm?" Aurelia sah auf und erkannte ihren Freund Max, der in den Raum gekommen war. „Ach du Schreck!", sagte er nun, als er sah, worüber sie gebeugt war.

„Du sagst es!", stellte Aurelia fest und schloss die Akte mit einem lauten Knall. „Das ist aber nicht die Aufgabe, wegen der dich der Chef zu sich geholt hat. Oder?", fragte Max, doch dies konnte Aurelia nur stumm mit einem Nicken bestätigen. „Du hast ja in deinen letzten zweitausend Jahren schon so einiges geleistet, aber das wird wohl eine ziemliche Herausforderung", begann Max und sah zum Archiv hinüber. „Vermutlich hat der Mann keine Ahnung, dass er gerade Casanovas Rekord gebrochen hat!", setzte ihm Aurelia entgegen und stand vom Tisch auf. Der Mann warf einen Blick auf die Akte und sagte dann „Mit nicht mal 34 Jahren. Alle Achtung!" Aurelia zog die Augenbrauen hoch und musterte den Freund „Hast du das gerade ernst gemeint?", fragte sie abschätzend, doch Max wich ihr aus. „Eine harte Nuss?", fragte er stattdessen, obwohl er das ja schon zuvor festgestellt hatte.

Weil Aurelia ihm nicht antwortete, setzte er einfach fort „Aber du bist die Beste!" „Das hat Gabriel auch schon gesagt", entgegnete Aurelia und sah zu dem Schrank mit den besonderen Fällen hinüber. Max folgte ihrem Blick und trat an den Schrank, aus dem die Neuen immer ihre Lehrbeispiele zogen. Mit den Fingern strich er über die abgegriffenen Akten in der obersten Reihe und las vor „Antonius und Kleopatra. Napoleon und Josefine. Sissi und Franz." Da unterbrach sie ihn und schob die Akte in den Schrank. „Schon ewig bin ich als Liebesengel unterwegs, aber so richtig habe ich die Menschen nicht verstanden." Dabei tippte sie auf die ungelösten Akten im unteren Teil.

„Warum machst du dir denn damit so einen Stress? Entweder es klappt, dann landet die Akte oben, oder es geht daneben, dann steht sie unten", entgegnete Max und wollte den Schrank schließen. „Amor geht in den Vorstand und sein Platz wird frei. Der da ist meine Aufgabe, um die Leitung der Abteilung zu übernehmen. Sozusagen eine Befähigungsprüfung." „Autsch!", begann Max, „Hast du dem Chef seinen letzten Schokopudding weggegessen, dass er dir solch eine Prüfung gegeben hat?" Dabei sah er sie fast mitleidig an. „Gabriel meint, ich schaffe das." „Dann sollten wir jetzt in die Waffenkammer gehen und die schweren Geschosse holen. Bei dem da brauchst du sicherlich ein bisschen mehr Glück." „Vielleicht sollte ich noch mal bei Amor nachfragen, wie der das damals mit Helena und Paris gemacht hat." „Die Akte ist nicht umsonst unter Verschluss!", sagte Max lachend und zeigte auf einen abgeschlossenen Tresor. „Sicherlich hast du da recht. Wenn es eine Prüfung ist, dann werde ich das auch alleine schaffen müssen", entgegnete Aurelia und setzte fort, „Auf zur Rüstkammer!" Dann verließen beide lachend die Registratur.

Auf dem Gang frage sie Max „Bewunderst du wirklich diesen Kerl? So wie der mit Frauen umgeht?" doch der schüttelte den Kopf. „Es macht die Sache für dich nur etwas komplizierter.", gab er ihr dann zurück und zeigte auf die offene Tür, hinter der in einem Regal die silbernen Pfeile lagen. Aurelia nahm ein paar der Geschosse aus dem Fach und strich mit den Fingern darüber. „Ich werde wohl ein paar mehr davon mitnehmen müssen.", erklärte sie nachdenklich und Max sagte schelmisch „Aber sei vorsichtig. Denke mal an

Ritter Lancelot!" Aurelia verdrehte die Augen „Ein falscher Schuss und du hältst mir das immer noch vor. Das ist über tausend Jahre her!" dabei prüfte sie die Spitze des ersten Pfeiles und setzte dann kleinlaut hinzu „Wer konnte schon ahnen, dass der Pfeil an Artus Rüstung abprallt." „Dein Nachschuss hat dann für eine herrliche Dreiecksbeziehung gesorgt und die Weltgeschichte durcheinander gebracht. Der Chef war nicht ganz so mit dem Ergebnis zufrieden gewesen."

Wieder seufzte Aurelia und schob ein Bündel der Pfeile in den Köcher. „Zehn Stück?", fragte Max und zeigte auf die Dienstanweisung neben der Tür. „Maximal zwei Pfeile pro Auftrag!", stand da in großen, roten Buchstaben. Jeder musste diese Anweisung befolgen, seit sie damals danebengeschossen hatte. „Es ist doch aber eine Prüfung!", begann Aurelia und Max setzte fort „Aber gerade dann solltest du die Vorschriften einhalten. Du weißt doch, dass der Chef alles sieht!" „Du hast doch die Akte gesehen, da brauche ich mehr als einen Pfeil, um diesen Mann zu beeinflussen!" „Du sollst ihn aber auch nicht zum Igel machen!", gab ihr Max zu bedenken. Aurelia nickte, griff sich den Bogen und betrat den Gang erneut. „Ich wünsche dir viel Glück", sagte Max und begleitete sie zum Ausgang.

„Wie lange warst du eigentlich schon nicht mehr unten?", fragte er noch, als sie die Klinke schon in der Hand hatte „Hundert Jahre, aber so viel wird sich in der Zeit schon nicht geändert haben!" dann durchschritt sie die Pforte und sprang von der Wolke.

3. Kapitel

Gefühle? Nein Danke!

Mit der Tasche am Riemen über der Schulter lief er pfeifend den Weg an dem kleinen Park entlang. Es waren nur ein paar hundert Meter bis zu dem Fitnessstudio, wo er den Rest des Sonntages verbringen wollte. Eigentlich hatte Peter nur drei wirklich feste Plätze im Leben: sein luxuriöses Loft über der Stadt, die Bar von Paul und eben dieses Studio. Die Jacke, wegen der Wärme des Sommertages, nur lässig über die Schulter geworfen, sah er den Autos zu, die vor dem Haus hielten. Einige seiner Freunde fuhren hier her, um dann dort zu trainieren. Die fuhren sicher auch zum Bäcker um die Ecke mit dem Auto! Er selbst zog es vor, in Form und fit zu bleiben. Daher stieg er auch die Treppe hinauf zum Dachgeschoss und fuhr nicht mit dem Lift.

Oben öffnete er die Tür, betrat die Lobby und rief „Hallo Franz!". Die schlanke rothaarige Frau, die gerade am Empfangstresen stand, drehte sich zu ihm um. Eigentlich hieß sie ja Franziska, aber jeder nannte sie nur Franz. Sie lächelte ihn an und er gab ihr die Hand. Wenig später schwitzten sie nebeneinander auf dem Laufband. Da sie beide ein schnelles Tempo bevorzugten, blieben die Gespräche dabei natürlich aus. Nur die Musik unterbrach ihr Schnaufen. Am Sonntag glichen sich ihre Trainingspläne. Fahrradfahren, Laufen, Fahrradfahren. Sonst war sie eher beim Aerobic und er trainierte im Muckiraum. Die beiden hatten auch noch denselben Rhythmus und so schwitzten sie Stundenlang nebeneinander her. Die Belohnung für die Mühe war dann zum Schluss die Sauna.

Dort saßen sie dann alleine in dem Raum. Alle anderen waren wohl am Sonntagnachmittag lieber bei ihren Familien. Jetzt erst fanden sie Zeit und Ruhe für ein paar Gespräche. Franz hatte ein weißes Frotteetuch bis über die Brust gezogen, er hatte es nur locker um die Hüften geschlungen. Auf dem Lattenrost saßen sie sich in dem kleinen Raum gegenüber. Dampf stieg auf und trieb ihm erneut den Schweiß auf die Stirn. In einem kleinen Bach lief er ihm den Rücken herab. Franz hatte sich zurückgelehnt und die Beine übereinandergeschlagen. Ihr schien die Hitze kaum etwas auszumachen. Immer wieder ging ihr Blick nach draußen durch die Glasfront, wo die Menschen im Park spazieren gingen. Jetzt kam die Zeit der Pärchen, die Händchenhaltend durch den Park schlenderten.

„Was machen wir nur falsch, dass wir hier sitzen und jetzt nicht da draußen sind?", fragte Franz, zeigte mit dem Finger auf die Paare und wendete ihr Gesicht ihm wieder zu. Dann legte sie den Kopf schräg und Peter sah sie an „Vielleicht sind wir beide nicht Bindungsfähig!", entgegnete er und sie zog die Augenbrauen hoch. „Nicht Bindungsfähig? Ich kenne dich viel zu gut. Du suchst doch aber gar nicht! Du willst nur jagen!", stellte die Frau fest und für ein paar Minuten herrschte eisiges Schweigen in der dunstigen Hitze.

„Warum hat das eigentlich nie mit uns geklappt?", fragte Franz schließlich und Peter sah sie nachdenklich an „Wir kennen uns viel zu lange. Seit dem Kindergarten! Seit du mir mit der Schaufel auf den Kopf gehauen hast!" „Daran kannst du dich noch erinnern?", fragte sie überrascht. „Daran und an mein erstes Mal. Alles andere liegt im Dunklen! Wenn es das Bild von mir mit der Zuckertüte nicht geben würde, dann wüsste ich nicht mal, dass ich jemals eingeschult worden bin", entgegnete er und blickte zur Decke des niedrigen Raumes.

„Zurück zur Jagd! Warum klappt es bei dir nicht? In all den Jahren müsste doch mal jemand dabei gewesen sein, an dem dein Herz hing. Oder?", frage Franz nach und Peter wurde nachdenklich. „Keine Ahnung. Irgendetwas stimmt immer nicht bei den Frauen", erklärte er, „Bei wie vielen Versuchen?", fragte Franz wissbegierig nach. „Da habe ich irgendwann aufgehört zu zählen. Heute schon zwei!" Wieder zog Franz die schön geschwungenen Augenbrauen hoch. „Das ist doch nicht normal!", stieß sie dann aus.

Nach einem Moment setzte sie hinterher „Dir geht es doch gar nicht um eine Partnerschaft. Du willst nur das eine! Das hier!", dabei löste sie das Tuch, öffnete ihre Schenkel und gab ihm einen Blick auf das Dreieck der rotgekringelten Haare auf ihrem Schoß und auf ihr rosiges Inneres frei. Dann schlug sie die Beine wieder übereinander und zog das Tuch über der Brust mit einem Knoten zusammen.

Nachdenklich kratzte er sich am Kopf. „Ist da gar kein Gefühl in dir?", fragte sie, beugte sich nach vorn und tippte mit einem Finger auf seine Brust. „Und bei dir?", fragte er zurück. „Ich suche wirklich. Aber ich finde einfach keinen, wo es sich lohnen würde." „Und was ist mit mir?", entgegnete er „Ich suche jemanden mit einem Herz. Nicht nur jemanden mit einem Schwanz!"

„Da sollte ich wohl nun beleidigt sein!", erklärte er lachend, doch das Lachen kam eher gequält aus ihm heraus.

Franz stand auf und ging langsam, mit schwingenden Hüften, nach draußen. Lange sah er ihr nach und horchte in sich hinein. Da war nichts! Kein Gefühl. Für Franz sowieso nicht! Die hätte man ihm vermutlich nackt auf den Bauch binden können und es wäre nichts passiert. Nicht, dass sie ihm nicht gefiel, sie war sehr hübsch, aber da war einfach eine viel zu lange Zeit ihrer Freundschaft. Dreißig Jahre warf man nicht einfach so fort. Sie war die einzige Frau, mit der er überhaupt reden konnte.

Ächzend erhob er sich und folgte ihr. Warum war da kein Gefühl in ihm? Vielleicht hatte Franz ja recht. Seit über fünfzehn Jahren war er auf der Suche, ohne wirklich zu wissen, wonach er suchte. Seine längste Beziehung hatte mal einen Monat gehalten. Die meisten seiner Bekanntschaften schafften nicht mal eine Woche. Dabei dachte er an die unbekannte, schwarzhaarige Schönheit der letzten Nacht und an Roswitha zurück. Da war auch kein Gefühl in ihm gewesen. Höchstens die Suche nach dem Abenteuer!

Ein nacktes Ehepaar mit zwei kleinen Kindern betrat die Sauna und sein Blick glitt nur über die Rundungen der Frau. Er war wirklich nicht normal! Draußen schwamm Franz gerade durch das Abkühlbecken und winkte ihm zu. Er legte sein Handtuch zu dem ihrigen auf die hölzerne Bank. Danach sprang Peter zu ihr in das kalte Wasser hinein.

„Ich habe deinen Blick gesehen!", sagte sie und drohte ihm spielerisch mit dem Zeigefinger, „Wäre ihr Mann nicht dabei gewesen, dann wäre das wohl Nummer drei für Heute geworden. Oder?" Peter nickte und sah zur geschlossenen Tür der Sauna. „Vielleicht bin ich wirklich nicht normal!", gab er kleinlaut zu verstehen. „Ich könnte dir die Adresse von Frau Doktor Müller geben. Die hat mir beim letzten Mal sehr geholfen, als es mit meinem Freund zu Ende gegangen war", erklärte sie.

„Soll sie mir das Herz herausnehmen?", fragte er spöttisch. „Nein! Vielleicht dein Oberstübchen ein bisschen entrümpeln!", setzte Franz nach, tippte ihm an die Stirn und tauchte im Wasser unter. Konnte Frau Doktor Müller ihm helfen? Vielleicht war es ein Schutz, dass er keine Gefühle an sich heran ließ! Aber warum? Die Frau tauchte wieder aus den Fluten auf und bespritzte ihm mit etwas Wasser. „Gib mir dann mal die Nummer. Es kann ja nichts schaden!", sagte er leise, damit ihn keiner hören konnte, obwohl sie im Becken alleine waren.

Irgendwie war es ihm peinlich, nach einem Seelenklempner zu fragen. „Mache ich. Ich habe die Nummer, für Notfälle, in meinem Handy gespeichert", sagte Franz leise. Dabei schmunzelte sie und schubste ihn an. Noch eine Weile schwammen sie durch den Pool, wobei es ihm nichts ausmachte, dass sie nackt war. Es war eben Franz. Da war das ganz normal so! Später stiegen sie gemeinsam aus dem Becken und trockneten sich gegenseitig ab.

4. Kapitel

Moderne Zeiten!

Es war ein Schock für Aurelia gewesen. Zuerst war sie in einem Park gelandet. Zwischen schönen grünen Bäumen und vor einem Blumenbeet, aber nur wenige Schritte später hatte ein großes und brummendes Gefährt sie fast über den Haufen gerissen. Entsetzt hatte sie der dröhnenden Kutsche hinterher gesehen. Kein Pferd! Es war eines dieser Autos, deren Vorläufer sie beim letzten Besuch auf der Erde noch belächelt hatte. Nun fuhren tausende davon an dem Park vorbei. Sie war als Engel zwar unsichtbar, aber nicht unzerstörbar! Zu schnell konnte sie da unter die Räder kommen. Eine unübersehbare Schlange von Fahrzeugen quälte sich den Weg entlang. Sie stanken und machten einen Qualm, dass ihr Hören und Sehen verging! Wie hielten das die Menschen nur aus?

Der Engel taumelte zurück und saß wenig später, ein paar Schritte entfernt, auf einer Bank in dem Park und versuchte sich zu Orientieren. Sicherlich hatte Max dieses Chaos gemeint, als er sie davor warnen wollte. Hustend versuchte sie wieder zu Luft zu kommen und beobachtete gleichzeitig das Verhalten der Menschen rund um sich herum. Die alten, gemütlichen Zeiten schienen lange vorbei zu sein. Alle hetzten nur um sie herum. Offensichtlich hatte sich in den letzten hundert Jahren mehr geändert, als in den tausend davor! Überall schienen Gefahren zu lauern. Laut hupend donnerte eines der stählernen Ungetüme der Straßen an ihr vorbei!

Bevor sie ihren Auftrag in Angriff nehmen konnte, musste sie sicherstellen, dass sie diesen Auftrag auch überleben würde. Wobei man als Engel „überleben" etwas anders sah, als wohl die meisten Menschen. Was geschah wohl, wenn einer dieser riesigen Wagen sie platt walzen würde? Das wollte sie lieber nicht herausfinden! So saß sie dort weiter in ihrem weißen Gewand zwischen den Bäumen, als ein kleiner, weißer Hund auf sie zu gelaufen kam. Er setzte sich vor sie hin, sah sie freundlich an und wedelte mit dem Schwanz.

Vermutlich hatte er sie aber nicht gesehen, sondern nur gerochen. Gedankenverloren strich Aurelia dem Tier über den Kopf. Wenigstens die Hunde waren noch so, wie sie der Engel von früher kannte. Eine junge Frau, die eine sommerliche Jacke über der Bluse und dazu eine kurze

Hose trug, folgte dem Hund und kam ebenfalls zu der Bank. Dort hob sie ihn hoch, drückte ihn an ihre Brust und begann ihn ausgiebig zu streicheln. Aurelia sah sich die Hände der jungen Frau an. Da waren weder ein Verlobungs- noch ein Ehering an den Fingern zu sehen. Sicherlich war es kein Zufall, dass sie auf diese Frau getroffen war! So wie diese gerade mit ihrem Hund umging, war sie eventuell genau die richtige Frau, um den Auftrag zu einem glücklichen Ende zu führen.

Während sie den Hund wieder auf den Boden setzte und eine Leine an dem Halsband befestigte, stand Aurelia auf. Zuerst musste sie wissen, wohin die Frau ging, um sie später wiederfinden zu können. Mit seinen kurzen Beinen würde der Hund nicht so schnell laufen können und damit wäre es sicher auch für sie nicht schwer, der Frau zu folgen. Als der Hund loslief, zog die Frau ein seltsames Gerät aus der Jackentasche und starrte darauf.

Laufend, mit gesenktem Blick, spazierte sie den Weg entlang. Die Frau konnte doch gar nicht sehen, wohin sie wirklich lief. Der kleine Kerl am anderen Ende der Leine führte sie durch den Park. So wie ein Blindenhund! Anscheinend hatte sich doch mehr auf der Welt geändert, als sie wirklich wahrhaben wollte. Aurelia ging nun neben der Frau her. Fast berührten sich ihre Arme und sie sah auf alle die, die ihnen begegneten. Es waren auch ein paar junge Männer dabei, aber die Frau konnte gar nicht sehen, wie diese sie anlächelten. Sie war in das Studium einer langen Nachricht vertieft.

Offensichtlich ein wichtiger Text, welchen sie stirnrunzelnd las. Der Engel konnte nicht umhin, einfach mitzulesen und damit führte der kleine Hund sie nun beide den Weg entlang. Es ging in dem Text um irgendein Produkt, das die Frau offenbar bewerben oder testen sollte, aber Aurelia hatte den Zusammenhang noch nicht verstanden, als sie ein Wasserstrahl traf. Überrascht zuckte sie zusammen. Die Frau neben ihr schrie auf und lies vor Schreck das Gerät fallen.

Mit einem klatschenden Geräusch fiel das Ding in das Wasser, denn der Hund hatte sie mitten in einen Springbrunnen geführt, dessen Wasser zwar nicht sehr tief war, aber trotzdem waren sie nun beide Klatschnass. Der kleine Hund sah Schuldbewusst und schwanzwedelnd zu ihnen herauf, während die Frau sich nach dem Gerät bückte, das nun unter Wasser lag. Mit zwei Fingern zog sie es hervor, aber es schien nicht mehr zu funktionieren, denn sie steckte es zurück in die ohnehin schon nasse Jackentasche.

„Mäxchen! Du sollst doch aufpassen!", schimpfte sie mit dem Hund, der ja aber nichts dafür konnte. Der stand einfach im flachen Wasser und versuchte davon zu trinken. Nun hob sie den Hund wieder an, klemmte sich das Tier unter den Arm und lief so schnell los, dass Aurelia ebenfalls rennen musste, um den Anschluss nicht zu verpassen. Die nassen Haare flogen im Wind hinter der Frau her und wurden somit im warmen Sommerwind auch schon wieder trocken.

Einige der jungen Männer pfiffen ihr nun hinterher, was sicher auch an dem, durch das Wasser fast durchsichtig gewordenen, Hemd der jungen Frau lag. Diese zog sich nur den Hund mit beiden Händen quer vor die Brust und rannte unbeeindruckt einfach weiter. Weit konnte es nicht sein, bei dem Tempo, dass sie nun anschlug.

Schnell lief sie auf den Weg der großen Kutschen zu, um davor abrupt stehenzubleiben. Fast wäre Aurelia dabei mit ihr zusammengeprallt. Dann blieben die Wagen stehen und die Frau ging über den Weg zur anderen Seite. Der Engel folgte ihr schnell und wenig später standen sie zu dritt vor einem großen Haus. Ohne ihr Zutun schwang die Tür auf und Aurelia musste sich beeilen, um ebenfalls mit hindurch zu schlüpfen.

Leise surrend schlossen sich die Türen in einem winzigen Raum, der sich dann zu bewegen schien. Ein vibrieren ging dem Engel durch den Körper, dann stoppte er und die Türen öffneten sich. Ohne Treppe war sie nun viel weiter oben, wie sie im Fenster bemerkte. Ein längerer Gang lag vor ihnen mit Fenstern und Türen. Vor einer davon zog die Frau einen Schlüssel aus der Jackentasche und schloss auf.

Unbemerkt schlich sich Aurelia hinter der Frau in die Wohnung. Dort rubbelte diese zuerst den Hund mit einem Tuch trocken, bevor sie in den nassen Sachen in das Badezimmer ging. Fast scheu entledigte sie sich nun schnell ihrer Kleidung und schlüpfte in eine verglaste Kabine.

Während die Frau sich unter einen Wasserstrahl stellte, begann Aurelia zu erkunden, ob diese Frau vielleicht irgendwie gebunden war. Nichts in diesen Zimmern schien auf einen Mann oder Freund hinzudeuten. Nur ein Bild zeigte sie zusammen mit einem deutlich älteren Mann. Anscheinend ihr Vater. Auch in dem Raum, an welchem „Bad" dran stand und in dem sie sich gerade die Haare trocknete, fand der Engel keinen Hinweis auf eine männliche Begleitung der jungen Frau. „Fein!", freute sich Aurelia. Nun musste sie die beiden nur zusammenbringen, den Pfeil in das Ziel schießen und alles würde gut werden. Der Lärm des Haartrockners vertrieb den Engel wieder zurück zu dem Körbchen, in welchem der Hund seinen Schlafplatz eingenommen hatte. Dort streichelte sie dem Tier über den Kopf.

Mit den Worten „So Mäxchen, jetzt bin ich wieder trocken!" betrat die Frau wieder den Raum. Sie hatte sich nur ein Handtuch umgeschlungen und suchte in ihrem Schrank nach Kleidung. Nun war es auch Zeit für Aurelia, das nasse Gewand irgendwie zu trocknen. Am besten würde das wohl im warmen Sommerwind auf dem Dach des Hauses gehen. Nur wie kam man da hin? Leise schlich sie zu einem offen stehenden Fenster und kletterte hinaus. Der Wind auf dem Fensterbrett zerrte an ihr. Es war ganz schön hoch hier oben!

5. Kapitel
Schatten der Kindheit

Montagmittag und er lag auf dem Sofa von Frau Doktor Müller. Eigentlich hatte er nicht erwartet, so schnell einen Termin zu bekommen, aber als Privatpatient genoss man so einige Vorzüge. Man musste sich erst hinterher mit der Kasse herumstreiten und nicht schon vorher. Er sah zu der Ärztin auf, die sicherlich auch seine Mutter sein konnte. Zumindest vom Alter her. Irgendwie hatte ihm das wohl so eine Art von Vertrauen gegeben und deshalb versuchte er nun auch einfach entspannt hier zu liegen, so wie es die Ärztin von ihm verlangt hatte. Leise Meditationsmusik plätscherte in den Raum und es roch nach irgendetwas undefinierbaren, aber es war nicht ihr Parfüm, sondern ein Kraut, welches in einer kleinen Schale mit ein paar Rauchkringeln verbrannte.

„Bleiben sie ruhig und denken sie an nichts!", war ihre Aufforderung gewesen und trotzdem sauste die Sprechstundenhilfe immer wieder durch seinen Kopf. Die Frau war recht üppig und ihr T-Shirt auch noch ziemlich knapp bemessen gewesen. Mit einem Block setzte sich die Ärztin in einen Sessel, den sie zuvor geräuschvoll an das Sofa geschoben hatte. Über die Brille hinweg sah sie zu ihm herunter und fragte nun erst „Was ist ihr Problem?" Doch was sollte er dazu sagen? „Ich habe keine Gefühle?", oder „Ich vögele alles, was nicht bei drei auf dem Baum ist?" Für ein paar Augenblicke fiel ihm nichts ein, bis die Ärztin sagte „Die Frauen also!"

„Woher wissen sie das?", fragte er sie überrascht und die ältere Frau schmunzelte. „Ich habe hier zwei Sorten von Männern, die nicht mit der Sprache rausrücken wollen. Die älteren können nicht mehr und die jüngeren wollen nicht mehr." Dann machte sie eine kurze Pause und setzte hinzu „Und ich habe gesehen, wie sie meine Sprechstundenhilfe angesehen haben." Verlegen schlug er die Beine übereinander.

Jetzt fühlte er sich wirklich wie bei seiner Mutter, die ihn damals nach der Freundin gefragt hatte. Aber es war ja eine fremde Frau und sie musste ihm nun helfen! Sich windend brachte er die ersten Sätze heraus und wurde schon bald von ihr gestoppt. „Da müssen wir an die Wurzel des Problems heran", erklärte sie und legte den Block zurück auf den Tisch. „Aber wo ist die Wurzel? Ich kann bei den Frauen nichts fühlen!", begann er zu erklären, wurde aber sofort wieder von ihr unterbrochen „Na ein bisschen was fühlen sie schon!", sagte sie schmunzelnd und zeigte auf die verdächtige Beule in seiner Hose, welche die Gedanken an die Schwester im Vorraum ausgelöst hatte. Schnell legte er sein Hände darauf und musste schlucken. Jetzt erst einmal an was anderes denken. An Franz, dann ging es.

Nun setzte sie fort „Solche Dinge beginnen meist in der Kindheit." „Ich kann mich an nicht viel aus meiner Kindheit erinnern." „Haben sie nicht jemanden, den sie fragen können?" „Mein Vater ist seit vielen Jahren tot und meine Mutter lebt dement in einem Pflegeheim." Die Ärztin nahm die Brille ab und legte diese zu ihrem Block. „Dann müssen wir es aus ihnen heraus bekommen. Woran erinnern sie sich noch?" „An nicht wirklich viel. Franz kann sich da an viel mehr von mir als Kind erinnern." „Dann fragen sie doch mal ihren Freund." „Wen?" „Na Franz. Vielleicht kann er ihnen mit ein paar Erinnerungen weiterhelfen."

„Franz ist eine Frau! Eigentlich heißt sie Franziska und wir kennen uns schon wirklich ewig", entgegnete Peter und die Ärztin ließ ein lautes „Aha!" vernehmen. „Nicht so, wie sie jetzt denken. Wir sind wirklich nur Freunde!" „Na gut! Was fühlen sie nun aber bei Franziska?" „Freundschaft und Vertrauen. Sie hat mir übrigens ihre Nummer gegeben." „Also reden sie mit ihr auch über solche Dinge?" „Ja!" „Und warum dann nicht mit anderen Frauen?", bohrte die Ärztin nach.

„Vielleicht weil ich sie nicht als Frau sehe?" „Deshalb nennen sie sie vermutlich auch nur Franz. Mit Kumpeln können sie offensichtlich besser umgehen. Oder?" „Das kann schon sein", gab Peter nachdenklich zu verstehen. Nun gingen seine Gedanken zu Franz und seinen Freunden. Die Frau räusperte sich und holte ihn damit wieder in den Raum zurück. „Wir haben nun zwei Möglichkeiten. Die erste ist, sie fragen Franziska und die zweite wäre, dass ich sie hypnotisiere und wir es dann von ihnen erfahren."

„Hypnose? So wie im Zirkus?", fragte Peter nach und die Frau zog die Augenbrauen hoch. „So ähnlich. Vielleicht können sie sich dabei an etwas zurückerinnern, was sie in ihrem Inneren verschlossen haben. Anscheinend wollen sie ja kein Gefühl an sich heran lassen. Vielleicht hat ihnen jemand damals wehgetan und sie haben den Schmerz verdrängt. Damit waren dann auch alle anderen Gefühle für sie verschlossen." „Franz hat mir im Kindergarten mit der Schaufel auf den Kopf gehauen. Daran kann ich mich noch gut erinnern", sagte er schmunzelnd. „Diese Art von Schmerz habe ich aber nicht gemeint. Meist ist es ein Schmerz der Seele, der ein Kind so erschreckt, dass es alles andere verdrängt und vergisst", erklärte die Ärztin, ebenfalls schmunzelnd.

„Ich werde da erst mal mit Franz drüber reden", erwiderte er und setzte sich auf. „Tun sie das. Meine Praxis steht ihnen jederzeit offen. Wir finden da schon einen Termin. Vorausgesetzt sie lassen meine Schwester in Ruhe", sagte die Frau schmunzelnd und setzte sich die Brille wieder auf. „OK. Ich melde mich", entgegnete Peter und stand von dem Ruhemöbel auf.

„Kommen sie einfach erst mal zu sich, denken sie über alles nach und lassen sie die Frauen mal für ein paar Tage in Ruhe", erklärte die Ärztin und kam auf ihn zu. Sie gaben sich die Hand und sie begleitete ihn zur Tür. „Grüßen sie mir Franziska", sagte die Ärztin und er nickte ihr zu. Grübelnd verließ Peter die Praxis und würdigte die dralle Blondine im Vorzimmer keines Blickes mehr.

Er war in seiner Erinnerung eingetaucht. Was war wohl so schlimmes passiert, dass er davor seinen Augen verschlossen hatte? Hatte er nicht eine schöne Kindheit gehabt? Bisher war er davon ausgegangen. Nun zweifelte er. Was würde Franz wohl sagen? Wo würde er sie jetzt treffen?

Sicherlich hatte sie gerade Mittagspause, wie er mit einem Blick auf seine Armbanduhr feststellte.

Auf dem Weg zum Restaurant blieb sein Blick stur geradeaus, auch wenn die Frauen an ihm vorbei gingen und er ihnen nur zu gern nachgesehen hätte. Erst mal musste er mit der Freundin reden.

6. Kapitel

Drei sind einer zu viel!

Nachdem ihr Gewand endlich wieder trocken gewesen war, hatte sich Aurelia in einen der Sessel fallen lassen und sah nun der jungen Frau zu, die keine zwei Schritte neben ihr auf einen Monitor sah und vermutlich jetzt den Text zu Ende las, der durch das Malheur mit dem Brunnen unterbrochen worden war. Das kleine Gerät befand sich nun im Papierkorb, offensichtlich war es wohl nicht mehr zu retten gewesen. Der weiße Hund lag immer noch in dem Körbchen, machte nun aber Schnarchgeräusche. Vor sich hinblickend überlegte sich der Engel, wie er die Frau und den Mann am besten zusammenbringen konnte. Sie wusste, wo der Mann sein würde, aber wie beeinflusst man einen Menschen? Aurelia wendete den Blick zum Körbchen und überlegte weiter, ob ihr vielleicht der Hund dabei helfen konnte.

Eigentlich musste sie die beiden Menschen nur nahe beieinander haben, damit ihre Pfeile treffen würden und dabei keine unbeteiligten zu Schaden kommen konnten. Die Sache mit Lancelot, Genoveva und Artus war ihr immer noch peinlich. Jahrhundertelang hatte sie sich dafür immer wieder entschuldigen müssen. Am besten wäre wohl ein Park am frühen Morgen, mit wenig Besucherverkehr. Und da war es wohl der beste Weg, den kleinen struppigen Freund zu „benutzen", um die Frau und den Mann so nah wie möglich zusammenzubringen. Die Wirkung des Pfeiles war begrenzt. Sie hielt nach dem Treffer nur etwa fünf Minuten an. Der erste, den man in dieser Zeit sehen würde, in den wäre man dann verliebt. Zumindest fürs erste, was dann daraus werden würde, das lag dann immer noch in der Hand der Menschen.

Fast zärtlich strich sie über den Köcher mit den silbernen Geschossen. Allerdings schien es auch Menschen zu geben, die gegen diese Pfeile immun waren. Im Laufe seines Lebens hatte sie auf Casanova sicher ein Dutzend dieser Geschosse abgefeuert, das Ergebnis war allerdings immer ziemlich dürftig gewesen. Liebe war dabei nicht entstanden, meist war der Mann mit den Frauen danach im Bett gelandet und da auch diese vom Pfeil getroffen waren, hatten sie die Gegenwehr meist schnell aufgegeben.

Es klingelte und die Frau sah auf. Schnell klappte sie den Monitor herunter und ging danach zu der Tür. Als sie öffnete, stand der Mann davor, dessen Bild Aurelia schon gesehen hatte und von dem sie vermutet hatte, dass es ihr Vater war. Der Begrüßungskuss war allerdings nicht der, den eine Tochter ihrem Vater geben sollte.

Was war hier in den letzten hundert Jahren denn noch alles geschehen? Hätte sich Aurelia vielleicht vorher noch mehr informieren sollen? Zweifelnd blickte sie zu den beiden Menschen an der Tür. „Hallo Daria, ich habe mit meiner Frau geredet. Sie stimmt in die Scheidung ein!", sagte der Mann, nachdem sie sich voneinander gelöst hatten.

Bahnte sich hier gerade ein Problem für Aurelia an? War Daria doch nicht frei gewesen? Überglücklich fiel Daria dem Mann um den Hals. Beide entkleideten sich ziemlich stürmisch, wobei sie aber die Unterwäsche anbehalten wollte und er ein paar Versuche brauchte, um sie dann davon zu befreien. Schließlich zog sie ihn hinter sich her. Die Tür des Schlafzimmers schloss sich und wenig später waren die altvertrauten Geräusche aus dem Raum zu hören. Am helllichten Tag! Das Schnaufen und stöhnen war so laut, dass selbst der Hund davon wach wurde.

Also würde Aurelia später wohl mit dem Mann die Wohnung wieder verlassen und sich nach einer anderen Frau für die Zielperson umsehen müssen. Grübelnd sah der Engel zum Fenster hinaus. Vielleicht würde sich im Park wieder eine Gelegenheit bieten. Die lauten Geräusche verstummten und wenig später öffnete sich die Tür des Zimmers wieder.

Der Mann kam mit offenem Hemd, ohne Hose heraus und Aurelia sah Daria im Bett sitzen. Sie hatte sich die Decke um den Oberkörper gezogen und sah dem Mann nun nicht mehr so freudestrahlend hinterher. Er schloss die Tür und zog eines dieser Geräte aus seiner Jackentasche. Nach ein paar Augenblicken sagte er „Hallo Liebling. Ich bin noch in einer Besprechung. Grüße mir die Kinder. Ich bin dann bald wieder zu Hause!" Das Gerät verschwand wieder in der Tasche und der Mann ging zum Bad hinüber.

Aurelia war schon aufgestanden, um ihn zu begleiten, doch nun stellte sich die Sache ganz anders für sie dar. Offensichtlich betrog dieser Mann seine Ehefrau und auch Daria! Als Liebesengel konnte sie das natürlich nicht zulassen. Ein neuer Entschluss reifte in ihrem Kopf heran und zum Glück hatte sie ja genug Pfeile dabei.

Zuerst musste mal eine Beziehung repariert, dann eine andere getrennt und danach eine neue angebandelt werden. Seufzend sah sie zur Zimmerdecke. Dieses neue Jahrhundert gefiel ihr nicht wirklich. Wo waren die alten Dinge hin. So wie Treu, Respekt und Liebe?

Das Wasser rauschte und er sang ziemlich falsch und laut. Erneut öffnete sich die Schlafzimmertür und Daria kam, die Bettdecke immer noch vor der Brust, aus dem Raum heraus und ging zum Bad. Aurelia schloss sich ihr an und nun wurde es in dem kleinen Raum ziemlich eng. Doch offensichtlich merkte das auch die Frau, denn sie ließ die Decke fallen und ging in die kleine Kabine unter den Wasserstrahl. Dort war es allerdings noch viel enger, wodurch sie mit dem Mann zusammenrücken musste.

Der Engel drehte sich verschämt weg, musste aber alles im Spiegel mit ansehen. Allerdings hatte das, was nun folgte, nichts wirklich mit Liebe zu tun. Mit Sport schon eher! Vermutlich der Enge des Raumes geschuldet. Wieder zweifelte Aurelia an ihre Aufgabe. Gab es die Liebe wirklich noch unter den Menschen?

War jetzt gerade die Chance, mit zwei Pfeilen, zwei Menschen für immer zu vereinigen? In der Enge der Kabine konnte sie die beiden nicht verfehlen! Schließlich steckten sie ja schon ineinander. Oder würde sie damit zwei andere Leben zerstören? Er hatte von Kindern gesprochen und daher schob der Engel die schon hervor gezogenen Pfeile wieder zurück in den Köcher.

Ihr Entschluss stand fest! Nachdem nun auch der Hund in das Bad getapst war, ging Aurelia zurück und setzte sich neben dem Ausgang in den Sessel. Das Gerät fiel ihr wieder ein und sie zog es vorsichtig aus der Jackentasche des Mannes. Das Bild einer schönen Frau und von drei kleinen, reizenden Kindern war darauf zu sehen. Hätte sie nicht schon zuvor den Entschluss gefasst gehabt, spätestens nach diesem Bild wäre alles klar gewesen. Ihre nächsten zwei Pfeile würden diese Frau und den Mann treffen, der gerade stöhnend in Darias Schoß steckte.

Als er die Wohnung später wieder verließ, hatte er unwissend eine Begleitung. Aurelia wusste ja nun, wo sie Daria jederzeit wiederfinden konnte. Der Mann fuhr sehr schnell mit seinem Wagen, der auch noch ziemlich groß war. Zuerst fuhr er aber auf seine Arbeit, wo er seine

Sekretärin ziemlich seltsam begrüßte, indem er ihr über den Hintern strich. Bei diesem Mann würde vermutlich ein Pfeil nicht reichen!

Hier war ihre ganze List als Liebesengel gefragt und wenn das so weiter ging, dann würde sie sich von Max noch mal ein Bündel Pfeile nachschicken lassen müssen.

7. Kapitel

Freundschaften

Mit einem Kuss auf die Wange hatte er Franz begrüßt. Die Frau sah von ihrem mittäglichen Salat auf und hob die Augenbraue. „Und?" „Ich soll dich schön von der Frau Doktor grüßen", sagte Peter, ließ sich auf den zweiten Stuhl fallen und winkte die Bedienung zu sich. „Und?", fragte Franziska nun drängender, nachdem er sich eine Kaffee und ein Schnitzel bestellt hatte. „Ich soll dich fragen!", setzte er hinzu. „Mich?", fragte sie überrascht zurück und schob sich ein großes Salatblatt quer in den Mund. „Ja! Dich!", erwiderte er, während Franz das Blatt genüsslich kauend verspeiste.

„Was willst du wissen?", fragte sie und nahm einen Schluck aus dem Wasserglas. „Alles!", erklärte Peter und setzte ein „Alles, was du von früher von mir noch weißt.", hinzu. „Ich habe nur eine Stunde Mittagspause", stellte Franz scherzend fest und sah auf die Uhr an der Wand, „Wollen wir das nicht heute Abend beim Fernsehen bereden?", setzte sie noch hinzu.

„Wir könnten ja schon mal anfangen!", drängte er sie und setzte ein „Warst du damals eigentlich mal bei mir zu Hause?", hinterher. Die Fragerunde begann. „Nicht sehr oft", antwortete Franz mit vollem Mund. Fast bittend ging ihr Blick zur Uhr, damit ihre Pause möglichst bald vorbei sein solle, doch Peter ließ nicht locker. Schließlich hatte sie ihn ja dorthin geschickt und nun musste sie ihm auch weiterhin helfen.

Das Schnitzel kam und er hatte Zeit zuzuhören, was Franz zu erzählen hatte. Warum hatte er das eigentlich nie zuvor gefragt? „Vielleicht sollte ich dir noch mal mit der Schippe über den Kopf hauen, dann kommt bestimmt deine Erinnerung zurück", sagte sie lachend. „Weißt du was, ich nehme mir den Nachmittag frei, dann können wir reden", sagte sie schließlich und angelte ihr Telefon aus der Tasche.

Sie log etwas von einer dringenden Familienangelegenheit in das Gerät und nickte Peter dann zu. „Die können auch mal ohne mich! Jetzt habe ich zwei Stunden frei", sagte sie lachend und ließ das Handy wieder in die Handtasche gleiten. „Was meinst du? Wollen wir zu dem Haus deines Vaters fahren? Mein Auto steht draußen. Vielleicht fällt dir dort was ein?", fragte Franz und tunkte ein Stück Baguette in das Dressing des Salates auf ihrem Teller. „Warum nicht. Aber das Haus ist schon lange verkauft", erwiderte Peter und dachte an den alten Bau. Die dunkle Villa aus dem letzten Jahrhundert war das erste, was er nach dem Erbe verkauft hatte und genaugenommen lebte die Mutter im Pflegeheim nun mit dem Geld, das der Verkauf gebracht hatte.

Eine viertel Stunde später saßen sie in Franziskas schnuckeligen roten Cabriolet und sausten die Straße entlang. Was hoffte die Freundin dort zu finden? Und was hoffte er? Schnell näherten sie sich der Stadtgrenze, wo die alten Villen in der vertrauten Straße standen. „Das kommt mir so unwirklich vor. Wie eine Reise in die Vergangenheit", sagte sie und lenkte den Flitzer zu einem kleinen Parkplatz.

„Dort drüben haben meine Eltern gewohnt", begann sie und zeigte auf ein schmuckes Reihenhaus. „Und dort hast du mir eine übergebraten", setzte Peter hinzu und zeigte auf das Schild des Kindergartens. „Wenn wir Glück haben, dann liegt dort gerade eine unbeaufsichtigte Schaufel herum, während die Kinder Mittagsschlaf machen", alberte Franz herum.

Zu Fuß ging es weiter. Das war immer sein Kindergartenweg gewesen. Den hatte er sicher tausendmal gemacht und doch war davon nicht viel hängen geblieben. Erst als er dann später mit dem Bus von der Haltestelle aus zur Schule gefahren war, da war er den Weg bewusster gefolgt.

Drei Querstraßen weiter standen sie vor dem Haus. Etwas Dunkles und Bedrückendes schien davon auszugehen. „Irgendwie gruselt mir da davor", sagte er leise und Franz sah ihn fragend an. „Ich war oft da drin bei dir. Da oben war dein Zimmer", sagte sie und zeigte auf die zweite Etage. Jetzt hing da eine gelbe Sonne im Fenster. Offensichtlich war es nun das Kinderzimmer eines anderen Kindes. „Erzähle mir mehr!", forderte er sie auf und Franziska zeigte auf eine Bank, die an der anderen Straßenseite stand. Dort konnten sie sich hinsetzen und hatten das Haus dabei weiter im Blick.

„Dein Vater war sehr streng", setzte sie fort, nachdem sie auf der Bank Platz genommen hatten. „Ich kann mich noch gut an seine Augen erinnern. Die waren so blassblau und kalt. Davon habe ich immer Angst bekommen. Ich dachte jedes Mal, der legt mich übers Knie, wenn ich was anstelle." „Habe ich denn irgendwann mal was von dort erzählt?", fragte Peter nach und zeigte auf das Haus. „Nicht von ihm. Nur von deiner Mutter. Sie war sehr gütig und hat mir oft Plätzchen gegeben und Kekse", antwortete Franziska und ergänzte, „Du solltest sie mal wieder besuchen." „Aber sie weiß doch nicht mehr, wer sie ist." „Aber du weißt doch, wer sie ist!", ließ sich Franz leise vernehmen.

Gedankenverloren kratzte sich Peter am Kopf. Auch die Mutter war eine Frau und zu ihr hatte er jetzt offensichtlich auch kein Gefühl mehr. Lag es an ihr? An Ihm? Oder am Vater? Die Türe des Hauses schwang auf und eine junge Frau kam mit einem kleinen Kind aus dem Haus. Sie hatte den Jungen auf dem Arm und Peter versuchte sich vorzustellen, er wäre dieses Kind und die Mutter würde mit ihm den Weg entlang gehen. Doch da war nichts. Seine Kindheitserinnerung schien ein großes schwarzes Loch zu sein. Da kam nichts mehr zurück. Alles schien verloren. Wieder dachte er an die Frau Doktor. Was war da wohl passiert? „Verdammt", sagte er leise und sah der fremden Frau hinterher.

Warum wusste Franz noch so viel von damals und er so wenig? Sein Blick blieb an der Bank hängen, die in dem Park am Ende der Straße stand. Das war die zweite Erinnerung, die ihm geblieben war. Der Abend, an welchem er, mit fünfzehn und seiner Freundin Manuela, dort seine Unschuld verloren hatte. Zwei Erinnerungen aus fünfzehn Jahren. Nicht wirklich viel, wenn man die Spanne bedenkt.

„Da bleibt wohl dann wirklich nur die Hypnose übrig", seufzte er und erhob sich von der Bank. Dann gab er Franziska die Hand und zog sie zu sich herauf. Warum hatte er damals eigentlich nicht sie dort zu der Parkbank mitgenommen? Vielleicht, weil sie sich schon damals eher wie Freunde sahen. Nun sah er sie an, sie hatte wirklich einen hübschen Rock an. Arbeitskleidung für ein Geschäft eben, aber sehr hübsch. Mit einem sommerlichen Blumenmotiv. Und darüber eine Bluse, die perfekt saß.

„Na gut. Bleibt es dann trotzdem bei heute Abend?", fragte er sie. „Du bringst die Pizza mit?" „Wie immer", entgegnete er lachend. Franziska ließ ihre strahlend weißen Zähne sehen.

8. Kapitel

Mitten ins Herz

Der Schuss hatte sauber gesessen! Da Aurelia das Bild der Frau ja gesehen hatte, hatte sie auch sofort gewusst, wer den Mann da aus dem Büro abholen wollte. Als die zwei dann den Fahrstuhl betreten wollten, hatten drei Pfeile dafür gesorgt, dass die Liebe zwischen den beiden Menschen neu entflammt wurde. Ein vierter Pfeil hatte dann dafür gesorgt, dass der Fahrstuhl über eine Stunde zwischen zwei Stockwerken festgesteckt hatte, bevor ein Monteur im Blaumann die Türen wieder aufbekam.

Das hastige Ordnen der Sachen bei den beiden eingeschlossenen Menschen hatte Aurelia danach gezeigt, dass dieser Teil des Planes schon mal funktioniert hatte. Nun würde Daria vermutlich erst mal traurig und wütend sein, dass sie so ausgenutzt worden war. Aber vielleicht war dies dann auch genau die richtige Stimmung dafür, dass Aurelia wieder zum Schuss kommen konnte.

Wenn nun nichts mehr schiefging, dann war zumindest die erste Liebe schon mal gerettet. Und noch sechs Pfeile übrig! Während die beiden vorn im Auto sich heftig küssten, saß der Engel hinter ihnen und lächelte. Ein Stück würde sie mitfahren. Vielleicht fuhr der Mann ja auch zu Daria, um ihr seine Entscheidung mitzuteilen und dann wäre sie in ihrer Nähe. Würde die Liebe zwischen den beiden Menschen halten? Wer wusste das schon! In all den Jahren hatte es auch Aurelia niemals ganz begriffen, wie das so funktionierte.

Seit über zweitausend Jahren schoss sie schon ihre silbernen Pfeile auf die Menschen ab und hatte trotzdem nicht verstanden, was die Liebe eigentlich war. Und woher hätte sie es auch wissen sollen? Um Liebe zu fühlen brauchte es ein Herz, einen Körper und Gefühle. All das hatte Aurelia nicht. Das Volk der Engel war geschaffen worden, um kühl zu entscheiden und die himmlischen Botschaften zu den Menschen zu bringen. Da störten Gefühle offensichtlich nur.

Vielleicht würde ein Gefühl ihre Hand unsicher machen. Doch wer wusste das schon? Für einen Augenblick stutzte Aurelia. Hatte sie den Schuss auf den Mann nicht auch aus einem Gefühl heraus gemacht? Aus Mitgefühl für die Frau und die Kinder? Oder nur aus dem Kalkül heraus, ihn aus dem Weg zu bekommen, damit Daria für jemanden anders frei wurde? Konnte es aber sein, dass die langen Aufenthalte auf der Erde und der Umgang mit den sich liebenden Menschen bei ihr zu etwas geführt hatte, was so nicht vorgesehen war?

Aurelia sah aus dem Fenster auf die sich bewegende Welt da draußen. Wen konnte sie fragen? Wie konnte sie die Wahrheit herausbekommen? Sie blickte wieder nach vorn und sah den beiden sich küssenden Menschen zu. Dabei hörte sie in sich hinein. War da etwas? Fühlte sie etwas? Wie bekam man heraus, was ein Gefühl war?

Viele Fragen und keine Antwort.

Oft hatte sie den Menschen zugehört, wenn sie über Gefühle gesprochen hatten. Aber hatten die dann immer die Wahrheit gesagt? Sie dachte an die Worte. An Herzklopfen, Kribbeln im Bauch, Unwohlsein, sich sehnen. Alles Sachen, die sie nicht verstehen konnte. Wer kein Herz hat, der kann nicht sagen, ob der Herzschlag langsam oder schnell war. Da war einfach nichts! Eine neue Erkenntnis schoss durch ihren Kopf. Dieser

Mann, auf den sie angesetzt war, Peter, der war ihr anscheinend viel zu ähnlich.

Offensichtlich hatte er jegliches Gefühl verloren und vielleicht machte ihn dies so unempfindlich für die Liebe. Solange er die Gefühle nicht zurück hatte, solange würde jeder ihrer Pfeile keine Wirkung haben. Doch wie bekam man seine Gefühle zurück? Schwere Frage! War sie nicht auch so oft an Casanova gescheitert? Vielleicht hatte auch dieser keine Gefühle gehabt?

Bevor sie nun ihre Mission fortsetzen konnte, da musste sie diese Frage unbedingt klären. Bei ihren vorhergehenden Ausflügen hatte sie schon erfahren, dass Menschen nicht mit Gefühlen geboren werden und diese lernen mussten und da würde sie einfach zu den kleinen Menschen gehen und zusehen, wie Gefühle entstanden. Der Wagen bog in einen Waldpfad ein und Aurelia nutze die Gelegenheit, als der Wagen anhielt, die beiden vorn in den Wald liefen und das Fahrzeug mit offen stehenden Türen zurückblieb.

Schnell lief sie zur Stadt zurück und suchte Plätze, wo die kleinen Menschen sich aufhielten. An einem Gebäude stand „Kindergarten" dran und daher ging sie dort einfach in den Garten, um die Kinder zu finden.

Eine jaulende Menge von kleinen Menschen tobte dort durch das Gras. Aurelia setzte sich an einen Baum und sah ihnen zu. Dann kam ein kleines Mädchen direkt auf sie zu und fragte laut „Was machst du hier?" Der Engel sah sich um, aber da war niemand hinter ihr. „Du kannst mich sehen?", fragte sie überrascht und das kleine Mädchen nickte. Erstaunt zeigte Aurelia auf den Platz neben sich und sagte „Ich möchte wissen, wie Gefühle entstehen." Irgendwoher kam ihr das Mädchen bekannt vor, aber sie wusste nicht woher. Das Mädchen mit den beiden blonden Zöpfen setzte sich und sah zu den anderen, die in einer Sandkuhle gruben.

„Es gibt gute und schlechte Gefühle", sagte sie und Aurelia sah sie erstaunt an. „Zwei Arten von Gefühlen?", stellte sie fest. Die Kleine nickte und sagte „Pass auf!", dann erhob sie sich und ging zu der Gruppe. Dort nahm sie ein kleines Kaninchen aus einem Gehege und drückte es ganz fest an sich. Sie strich dem Tier zärtlich über den Kopf und das Pelztier schien sich dabei gut zu fühlen. Hatten also auch Tiere Gefühle? Dann setzte sie das Tier wieder ab, ging zu der Gruppe und schubste eines der anderen Kinder aus der Kuhle. Das fing dabei an zu weinen.

Liebe und Trauer lagen so nah beieinander. Nun hatte Aurelia zumindest dies verstanden, aber woher kamen die Gefühle. Das kleine Mädchen hatte das offensichtlich bereits gelernt, also war sie vielleicht schon zu groß. Musste der Engel kleinere Kinder finden? Das Mädchen kam zurückgelaufen und setzte sich wieder neben sie.

„Woher weißt du das alles?", fragte Aurelia das Kind und die sah Aurelia fragend an. „Ich weiß es nicht, ich fühle es", sagte sie dann und damit war der Engel wieder am Beginn der Frage. „Und woher kannst du mich sehen?", fragte sie nun, damit sie wenigstens diese eine Frage beantwortet bekam. „Ich sehe dich mit meinem Herzen", erklärte die Kleine und legte sich die Hand auf die Brust. Dorthin legte nun auch Aurelia ihre Hand. Sie konnte es schlagen spüren. Bei sich selbst fühlte sie es nicht, als sie die Hand auf ihre Brust legte. Das Herz war offensichtlich der Schlüssel zum Gefühl!

Sie hörte eine Stimme die „Karoline!" rief und das kleine Mädchen sprang auf. Dann lief sie fort und als Aurelia ihr hinterher sah, erkannte sie die Frau, die ihr Pfeil vor wenigen Stunden getroffen hatte. Daher hatte sie das Mädchen gekannt. Vom Bild des Vaters.

Der Engel winkte der Kleinen zu und hatte nun die nächste Frage: wenn das Gefühl aus dem Herzen kam, warum hatte der Mann dann kein Gefühl? Hatte er kein Herz? Zweifelnd verließ Aurelia den Garten der Kinder und ging zurück zu Darias Wohnung.

9. Kapitel

Mann oder Frau?

Die junge Frau betrat die Wohnung, knallte die Tür hinter sich zu und warf die Tasche in die Ecke des Flures. Umständlich öffnete sie den Verschluss des BHs und zog ihn unter der Kleidung durch den Ärmel nach draußen. Es war eine Wohltat, als sie das verhasste Stoffstück der Tasche hinterherwerfen konnte. Der Rock folgte wenig später und erst jetzt fühlte sich Franziska endlich wieder wohl. In der Bluse und nur mit dem Slip als Unterwäsche setzte sie sich auf ihr Sofa und legte die Füße auf den Tisch. Dabei fiel ihr Blick auf das Foto der Eltern, welches neben dem Fernseher stand. Sie hasste diesen Job in der Butike, den ihr die Mutter versorgt hatte, aber sie konnte ihn auch nicht einfach so aufgeben. Die Mutter zahlte ihr nur die Miete, solange sie dort arbeitete. Und von dem Lohn, den sie dort bekam, konnte sie sich keine eigene Wohnung leisten. Zumindest nicht ohne wirklich harte Einschränkungen.

Auf Strümpfen lief sie zum Kühlschrank, holte sich eine Flasche Bier und schlurfte zurück zum Sofa. Schon immer hatte die Mutter vorgehabt, aus ihr eine feine Dame zu machen. Deshalb sicherlich auch die Erpressung mit diesem ungeliebten Job. Viel lieber hätte sie in einem Sportgeschäft gearbeitet. Aber es musste ja ausgerechnet dieser Laden für feine Damenmode sein, wo die Mutter Stammkundin war. Sie und die Geschäftsführerin waren auch noch Freundinnen! Kein Ausweg für Franziska, um aus dieser Falle zu entkommen. Jede Fehlstunde würde sofort gemeldet und, wie früher, mit Taschengeldentzug bestraft werden!

Solange sich Franziska zurückerinnern konnte, war sie lieber mit dem Vater unterwegs gewesen. Am Sonntag Angeln am Teich oder zum Fußball in das Stadion. Bier trinken mit den Kumpeln vom Fußballverein. Oder Training im Fitnessstudio. Der Vater hatte sie mehr als Jungen erzogen. Daher sicherlich auch, dass sie jeder außerhalb des Geschäftes nur mit Franz ansprach. Vielleicht war es eine Rache der Mutter an dem Vater, dass sie nun dafür sorgte, dass aus ihr doch noch eine Dame werden sollte.

Dieses Getue in dem Laden ging ihr so auf die Nerven, dass sie sich oft zusammenreißen musste. „Gnädige Frau" hier und „Werte Dame" dort. Aber sie hatte eben kostspielige Hobbys. Fußball und Fitnessstudio fraßen fast den ganzen Lohn wieder auf. Zum Glück steckte ihr der Vater, wenn er die Mutter in den Laden begleitete, mal einen Schein zu. Sonst wäre der Kühlschrank oft leer. Bis auf das Bier natürlich, welches selbstverständlich immer dort drin zu finden war. Das war sie ihren Kumpeln schuldig. Man wusste ja nie, wer mal zu Besuch kam.

Schon immer stand sie irgendwie zwischen den Eltern und soweit sie sich zurückerinnern konnte, hatte sie sich mehr wie ein Junge gefühlt. Warum musste sie sich nun jeden Tag in den verhassten Rock zwängen? Sie stand auf, gab dem Kleidungsstück einen Tritt und ging zu ihrem Schlafzimmerschrank. Wenig später saß sie in Trainingshosen und T-Shirt vor dem Fernseher. Das Spiel ihre Lieblingsmannschaft wurde übertragen und das wollte sie nicht verpassen. Sie hatte extra zwei Stunden eher Feierabend erbetteln müssen, um den Beginn nicht zu verpassen. Schließlich hatte der Laden bis 20:00 Uhr offen und das Spiel begann schon um sechs! Manchmal beneidete sie ihren Freund Peter, dass dieser sich sein Leben so einrichten konnte, wie es ihm gefiel. Oft kam er zu ihr herüber, um ein Spiel zu sehen.

Halbzeitpause! Franziskas Blick ging in der Wohnung umher. Sie konnte nur hoffen, dass es der Mutter nicht irgendwann mal einfallen würde, die Wohnung auch sehen zu wollen, für die sie die Miete zahlte. Es sah eher mehr nach Junggesellenbude oder völlig verwahrlostem WG Zimmer aus. Niemand wäre sicher auf die Idee gekommen, dass dies die Wohnung einer jungen Frau war.

Viele ihrer Schulfreundinnen hatten nun schon lange Kinder. Gertrut war vor einer Woche Großmutter geworden. Zwar hatte diese geschimpft wie ein Rohrspatz, mit 33 schon Großmutter zu sein, aber wer mit siebzehn anfängt, der brauchte sich auch nicht zu wundern, wenn es die Tochter mit sechzehn der Mutter gleichtat. Fast hatte Franziska geschmunzelt bei dem Gedanken daran, aber sie hatte es der Freundin nicht gesagt. Vielleicht war sie auch nicht wirklich eine Frau. Vielleicht ein Junge, gefangen im Körper eines Mädchens.

Sicherlich hatte es deswegen auch nie mit einem Mann geklappt. Meist hatte sie Kumpels abgeschleppt, die sich dann aber irgendwie verändert hatten. Die letzte Beziehung hatte ihr da am meisten zugesetzt. Am Anfang war noch alles klar gewesen. Wochen später ging es dann los. Da wollte er dann auf einmal, dass sie für ihn da war. Schön aussah. Die Wohnung in Ordnung hielt. Alles Dinge, die sie nicht wollte. Nicht konnte. Dabei hatte sie den Mann doch auch geliebt. Aber diese Veränderung hatte sie gehasst. Nun dachte sie wieder an Peter, den sie am Mittag begleitet hatte. Der war irgendwie anders. Sie kannten sich fast dreißig Jahre. Für ihn brauchte sie nicht aufräumen. Er wusste, wie sie lebte. Bei ihrem Ex-Freund hatte sie vorher Stundenlang das Chaos bereinigt, nur um für ein paar Augenblicke glücklich zu sein.

Franziska holte sich ein neues Bier aus dem Kühlschrank. Ihr Blick fiel auf das Telefon. Sollte sie sich noch schnell eine Pizza bestellen, bevor das Spiel wieder angepfiffen wurde? Doch dann fiel ihr ein, dass Peter ja später noch vorbei kommen wollte, um zu reden. Und er hatte ihr ja auch eine Pizza versprochen. Zwei an einem Abend würde sie wohl kaum schaffen, daher ließ sie es und setzte sich zurück. Die Gedanken flogen zurück zur gemeinsamen Kindheit. Zu Jungenstreichen, die sie gemeinsam gemacht hatten. Ihre Freundinnen waren mit dem Puppenwagen umhergezogen. Sie war abends immer von der Mutter ausgeschimpft worden, wenn sie mit aufgeschlagenen Knien nach Hause gekommen war. Dreckig, mit zerfetzen Sachen, aber glücklich!

Das Spiel nahm den erwartenden Ausgang, aber es war im Moment keiner da, mit dem sie Jubeln konnte. Dann räumte sie doch noch schnell die getragene Unterwäsche in ihr Bad. Mit zwei Fingern ließ sie den verhassten BH in den Korb fallen. Wozu brauchte sie diesen überhaupt? Nur, weil die Chefin es so vorschrieb. Der kniff nur und drückte. Ihre Brust stand auch so! Einmal hatte sie es gewagt, dieses Kleidungsstück im Laden wegzulassen, aber an dem Tag war dann ihre Mutter gekommen. Ein Blick von ihr hatte gereicht und die Standpauke mitten im Laden war mehr als peinlich gewesen. Da hatte die Mutter dann auch auf die anderen Kundinnen keine Rücksicht genommen.

Auch dafür hasste Franziska ihre Mutter regelrecht. Der Deckel des Korbes fiel zu und es klingelte an der Tür.

10. Kapitel

Herzlos?

Konnte es denn Menschen ohne Herz geben? Aurelia stand neben der Frau, die bitterlich weinte. Kurz zuvor hatte der Mann Daria gesagt, dass er sich wieder mit seiner Frau zusammentun würde. Nur Stunden zuvor hatte er noch das Gegenteil gesagt, aber sicherlich hatte da ihr Pfeil diesen Wandel bei ihm ausgelöst. Blieb nur zu hoffen, dass der Mann von jetzt an seiner Frau treu blieb.

Nun stand sie da und horchte in sich hinein. Doch da war auch nichts. Da war kein Gefühl! Hätte sie nicht wenigstens so etwas wie Mitgefühl mit der Frau haben müssen? Daria sprang auf, lief in das Schlafzimmer, knallte die Tür hinter sich zu und Aurelia hörte das Schluchzen der jungen Frau hinter der verschlossenen Tür.

Der Engel ging zurück zu dem Sessel, der nun schon ihr Stammplatz geworden war. Der kleine Hund sah zu ihr herauf und sie strich ihm über den Kopf. Sie musste daran denken, wie das Mädchen das Kaninchen an sich gedrückt hatte.

Da war solch eine Liebe zu sehen gewesen, die Aurelia nicht mal mit einem Dutzend Pfeilen hätte auslösen können. Und doch spürte sie selbst nichts davon. Die alten Zweifel kamen wieder hoch. Wie konnte jemand die Liebe unter die Menschen bringen, der selbst nicht lieben konnte? Diese Überlegungen waren ihr bis zu ihrer Abreise hier herunter vollkommen fremd gewesen. Was hatte diesen Wandel bei ihr ausgelöst? Stumm sah sie zu der Tür hinüber.

Plötzlich tauchte, völlig aus dem Nichts, eine große, schöne, schwarzhaarige Frau vor ihr auf. Aurelia zuckte zusammen. Wo kam die nur her? Hatten ihre Augen ihr einen Streich gespielt? „Hallo Aurelia!", sagte die Frau mit einer wohlklingenden, melodischen Stimme. Der Engel konnte nichts mehr sagen. Die Frau, die in ein langes schwarzes Kleid gehüllt war, zeigte auf die Tür und sagte „Die Kleine hat aber ganz schönen Kummer!" „Wer bist du?", konnte Aurelia sie nun endlich fragen. „Ich bin Lilith!" „Bist du auch ein Engel?", fragte Aurelia vorsichtig nach. Vielleicht hatte man ja, in Anbetracht der Schwierigkeit des Falles, noch jemanden anders, aus einer anderen Abteilung, ihr zur Hilfe zugesandt.

Lilith wiegte den Kopf überlegend hin und her. „So etwas Ähnliches!", erklärte sie dann nach einer Weile und setzte sich in den Sessel neben Aurelia.

„Ich habe deine Gedanken und Fragen gehört, darum bin ich zu dir geeilt!", begann Lilith wieder und erneut fragte Aurelia „Wer bist du?", da die Antwort der anderen Frau für sie nicht ganz erschöpfend war. „Viele nennen mich einen Dämon!", sagte die Frau lachend und Aurelia sprang vom Sessel auf. „Hast du nicht gesagt, du bist ein Engel?", fragte sie vorsichtig und schob sich langsam in Richtung des offen stehenden Fensters zurück.

Die schwarzhaarige Schöne seufzte und sah Aurelia traurig an. „Komm zurück! Ich tue dir nichts!", sagte sie leise und zeigte auf den nun leeren Sessel. Sollte sie sich mit einem Dämon einlassen? Aurelia war hin- und hergerissen. Vielleicht konnte ein Gespräch mit Lilith ja ein paar Fragen klären. Offensichtlich hatte die Frau Gefühle, auch wenn das eigentlich nicht möglich war. Oder konnten Dämonen Gefühle haben?

„Jetzt komm schon!", sagte Lilith nun dringender und setzte ein „Ich beiße dich schon nicht!" hinzu. Dabei zeigte sie eine Reihe von strahlend weißen Zähnen, deren Eckzähne aber deutlich länger waren, als der Rest! Zögerlich schob sich der Engel wieder zurück zu dem Sessel. Als sie sich setzte, legte ihr Lilith die Hand auf ihr Knie. „So ist es besser. Ich habe deine Fragen wohl vernommen und ich war nicht immer ein Dämon." „Warst du mal ein Engel?", fragte Aurelia vorsichtig nach und die andere Frau lehnte sich zurück. „Das ist lange her! Damals im Paradies", gab sie zurück, während sie zur Decke sah „Du warst dort?", fragte Aurelia aufgeregt nach. Nur die Erzengel und der Chef waren dort gewesen. Bisher hatte ihr noch niemand etwas davon erzählt.

„Ja. Aber ich wurde vergessen. So wie Eva die Urmutter der Menschen ist, so bin ich die Urmutter der Engel. Du bist also meine Tochter, wenn man so will!", setzte sie lachend der überraschten Aurelia entgegen. „Davon habe ich noch nie etwas gehört", entgegnete der Engel zweifelnd. War das die Wahrheit? Sie war doch ein Dämon! Der konnte sicher auch lügen! Zweifel legten sich über den Engel.

„Und warum kennt dich keiner mehr?", fragte Aurelia vorsichtig nach. „Ich war wohl zu rebellisch. Ich bin meinem Herzen gefolgt und nicht dem Wort von dem da!", dabei zeigte sie mit dem Finger zur Zimmerdecke. „Gefühl, Lust und Leidenschaft trieben mich an. Ich war nicht so brav, wie Gottes zweiter Versuch, eine Frau für Adam zu erschaffen. Aber die Erzengel haben wohl daran Gefallen gefunden. Sonst wärst du sicher jetzt nicht hier!" „Du hast ein Herz? Und Gefühle?", fragte Aurelia überrascht nach und Lilith nahm die Hand des Engels und legte diese auf ihre Brust. Deutlich war der Herzschlag zu spüren. „Auch du hast eines in deiner Brust. Es schlägt nur nicht. Schließlich bist du meine Tochter", erklärte die Dämonin.

Aurelia zog ihre Hand zurück „Wirklich?", fragte sie und Lilith seufzte „Ja! Manchmal wünschte ich, ich wäre wie du. Dann wäre vieles einfacher gewesen. Ich wäre ein dummes Hausmütterchen, mit einer Schürze über dem Bauch, und müsste nicht kämpfen. Doch mein feuriges Herz zieht mich davon!" „Wie kann ich mein Herz zum Schlagen bringen?" „Das willst du nicht wirklich! Oder?", gab Lilith fragend zurück und setzte ohne Pause fort „Dann hast du nicht nur die Liebe, sondern auch den Schmerz in dir. Die Wut. Den Zorn. Die Angst. Kummer und

Leid! Nur ein ganz kleiner Teil der Gefühle ist wirklich schön!" Dabei zeigte sie auf die geschlossene Schlafzimmertür, hinter der immer noch das Schluchzen von Daria zu hören war.

Nachdenklich sah Aurelia die andere Frau an. Lilith stand auf und sagte „Ein Engel mit einem Herz kann auch zu einem Dämon werden." Dann drehte sie sich zur Tür und setzte hinzu „Oder zu einem Menschen! Überlege es dir gut, ob du das wirklich willst, denn wenn dein Herz erst einmal zu schlagen beginnt, so kann es nicht mehr gestoppt werden. Dann gibt es kein Zurück für dich! Möchtest du das wirklich? Sieh mich an!"

Lilith blickte über die Schulter zu ihr zurück „Zuerst muss ich mich jetzt aber um dieses Häufchen heulender Mensch da drin kümmern!", sagte die Dämonin, dann nickte sie Aurelia zu und verschwand. Der Engel blieb verwirrt zurück. Nun hatte sie nur noch mehr Fragen als zuvor!

11. Kapitel
Sind wir in Gefahr?

Die sommerliche und frauliche Kleidung war verschwunden. Franziska hatte ihm so die Tür geöffnet, wie er es von ihr erwartet hatte. In der ausgebeulten Jogginghose und mit einem schlabbrigen T-Shirt. Die langen, roten Haare unkompliziert zu einem Knoten zusammengebunden. Wie immer hatte er die Pizza besorgt, Hawaii mit extra viel Käse, weil sie diese beide liebten, und sie hatte die Getränke kalt gestellt. „Was machen wir heute?", fragte er, da sie sicherlich schon einen Film im Gerät hatte. „Ich dachte, du wolltest reden!", sagte sie mit einem schelmischen Lächeln und nahm ihm die Pizzaschachtel ab. „Dazu haben wir ja den ganzen Abend Zeit!", sagte Peter, ging in das Wohnzimmer und hob die Schachtel der DVD auf. „Pizza, kaltes Bier und der Terminator?", fragte er scherzhaft zur Küche hin, wo Franz gerade die Pizza in handliche Stücken schnitt. „Wir können das Bier ja auch weglassen", entgegnete sie spöttisch und brachte die Teller herein.

„Na bloß nicht", erwiderte Peter und setzte sich auf das Sofa. Der Käse zog Fäden, während sie die Stücke vom Teller angelten. „Schön heiß", sagte sie mit vollem Mund und schlang das Stück herunter. Schnell spülte sie es mit dem Bier herunter. Dann drückte sie auf den Knopf der Fernbedienung. Der Bildschirm ging an und der Film setzte ein. Zuerst musste die Pizza verspeist werden, danach konnte man immer noch über früher reden. Aber kalte Pizza und warmes Bier würden nur die Stimmung zerstören. Aus dem Augenwinkel heraus sah er, wie Franz mit der heißen Pizza kämpfte. Ein Stück Käse hing aus ihrem Mund heraus. Das war nicht mehr die sorgfältig geschminkte und frisierte Frau vom Mittag, das war sein Kumpel. Mit Tomatensauce am Kinn. Vermutlich so, wie er auch.

„Du frisst wie ein Schwein", sagte er schmunzelnd und sie setzte ihm ein „Selber Schwein." lachend entgegen. Peter beugte sich nach vorn und nahm eine Serviette vom Tisch, mit der er sich den Mund abwischte. „Gar nicht!", sagte er spöttisch. Daraufhin nahm sie ihm die Serviette ab und wischte sich ebenfalls den Mund und das Kinn ab. Langsam nahm die Pizza ab und der Film plätscherte in den Raum. Den hatten sie schon so oft gesehen, dass keiner der beiden wirklich aufmerksam zusah, aber ein Gespräch über früher kam trotzdem nicht zustande. Eher nur über belanglose Dinge des Tages. Draußen setzte langsam die Dämmerung ein und das Bier wurde auch immer weniger. „Soll ich noch mal welches holen?", fragte er, als er die letzten beiden Flaschen aus dem Kühlschrank holte, doch sie schüttelte den Kopf.

Von dort aus betrachtete er sie, wie sie dem Film zusah. Die Beine unter den Hintern gezogen und an die Rücklehne des Sofas gelümmelt. Er kannte sie schon so lange und hatte diese Position von ihr schon so oft gesehen. Es ging bei ihr gar nicht anders, wenn sie entspannt einen Film sah. Nur beim Fußball saß sie anders da. Dann war sie immer zum Sprung bereit. Sie mochten beide dieselbe Mannschaft. Im Moment trug sie sogar ein T-Shirt dieses Clubs. Auch, wenn es ihr bestimmt drei Nummern zu groß war. Peter mochte sie, wie einen Freund. Schon ewig waren sie Kumpel und verstanden sich blind. Plötzlich fiel ihm ein, dass sie ja noch über früher reden wollten, doch nun ging es schon auf den späten Abend. Der Film näherte sich auch schon seinem Ende.

„Hast du noch einen?", fragte er und öffnete den Schrank, wo Franz die DVDs immer verwahrt hatte. Er begann zu stöbern, aber die meisten davon hatten sie schon gesehen. Plötzlich stutze er. „Was haben wir den hier?", fragte er und zog die Hülle heraus. „Die schönen Müllerstöchter" hatte er gelesen und fragte „Hast du auch Märchen in deinem Schrank." Dann hatte er die Hülle in der Hand und das Cover sah gar nicht nach Märchen aus. „Holla die Waldfee!", sagte er, pfiff und drehte die Hülle herum. Franz blickte zu ihm auf und er sah, dass sie rot im Gesicht wurde. „Das ist ja was für Erwachsene!", sagte er grinsend. Wie eine Katze sprang Franz auf und versuchte ihm die Hülle zu Entreißen.

Während der Abspann vom „Terminator" über den Bildschirm lief, entbrannte ein wilder Ringkampf um die Müllerstöchter, infolge dessen sie irgendwann auf das Sofa fielen.

Eine viertel Stunde später war er wieder bei klarem Verstand. Er lag nackt halb über der ebenfalls unbekleideten Franziska. „Das habe ich nicht gewollt", schnaufte er, während sie sich unter ihm hervor bewegte, sich das T-Shirt über den Körper zog und einfach so, ohne Hose, den Film wieder in den Schrank brachte. Fragend sah er ihr nach, doch sie sagte nichts. An ihrer Körperhaltung erkannte er, dass ihr die Sache aber auch irgendwie peinlich war. Sie sammelte ihre verstreuten Sachen auf und ging in das Bad, von wo sie aber schon nach ein paar Augenblicken angezogen zurückkam. Auch Peter hatte sich schnell die Sachen wieder übergezogen.

Dann saßen sie nebeneinander und sahen zum Fernseher. Keiner wollte den anderen ansehen. „Haben wir gerade unsere Freundschaft zerstört?", fragte er leise und Franz antwortete nur „Das hoffe ich doch nicht." „Es tut mir trotzdem leid", sagte Peter kleinlaut und setzte hinzu „Ich habe noch nie die Frau in dir gesehen." „So wie du mich angesehen hast, hast du nicht wirklich eine Frau in mir gesehen. Eher einen Kumpel. Oder?" „Aber mit einem Kumpel passiert doch so etwas nicht", setzte er ihr entgegen und zeigte neben sich auf das Sofa, wo immer noch die zerwühlte Decke von den „Kampfhandlungen" erzählte. „So schlecht war es nun auch wieder nicht", sagte Franziska und lächelte ihn nun wieder an.

Peter nickte und setzte schmunzelnd hinzu „Und schuld sind die Müllerstöchter." Nun mussten beide lachen. „Wo hast du den Film eigentlich her?", fragte er nun und sah, wie sie wieder verlegen wurde. „Las doch endlich den blöden Film in Ruhe!", antwortete sie, doch dann setzte sie erklärend hinzu „Ich wollte mal sehen, was ihr

Kerle so für Filme schaut." „Wollen wir den mal zusammen sehen?", fragte er mehr spöttisch und sah aber, dass Franziska ihn mit hochgezogenen Augenbrauen ansah. Hatte er jetzt die Grenze überschritten? „War nur ein Spaß", sagte er schnell und versuchte damit zwischen ihnen zu schlichten, doch sie fragte ihn nur „Würdest du?"

Nun zog er die Augenbrauen hoch. Dann sagte er „Mehr als das kann ja nicht passieren. Oder?" Dabei zeigte er wieder auf die zerwühlte Sofadecke. Franziska stand auf, holte den Film und schob die Scheibe in den Schlitz des Gerätes.

12. Kapitel
Zerbrochene Träume

*D*a lag sie nun und heulte sich ihre Augen aus. Das Leben konnte so fies sein! Noch am Mittag hatte Mathias ihr versprochen, dass er sich nun endgültig von seiner Frau trennen wollte und nur ein paar Stunden später hatte er ihr genau das Gegenteil davon gesagt. Sein „Lass uns Freunde bleiben!" war dann noch der Gipfel der Unverschämtheit gewesen. Nun sah sie auf die vergangene zwei Jahre zurück und fragte sich immer wieder, warum das nun hatte so kommen müssen. Immer geriet sie an die falschen Männer! Bisher hatte sie noch nicht so viele Freunde gehabt, aber jetzt im Moment stellte sie sich jeden einzelnen davon noch einmal vor. Dabei ging Daria zurück, bis zu ihrem ersten Freund. Vier Jahre war das nun her! Eigentlich war schon das erste Mal nur eine Verzweiflungstat gewesen.

Es war der Abschluss ihrer Lehre gewesen und sie schon fast achtzehn. Jede um sie herum prahlte damit, wie schön das erste Mal gewesen war. Einige ihrer Freundinnen hatten schon fünf Jahre zuvor die ersten Versuche gestartet und sie?

Mit achtzehn noch Jungfrau? Irgendwie hatten sie der Gruppenzwang und das Gefühl „Dazugehören" zu müssen dann unter einen solchen Druck gesetzt, dass sie beschlossen hatte, diesen Zustand zu ändern. Bei einer Party hatte sie dann versucht, sich Mut anzutrinken und war danach mit einem Kollegen in der Kiste gelandet.

Doch davon und von allem, was dann in der Nacht passiert war, hatte sie keinerlei Erinnerung behalten. Alles war im Dunst des Alkohols verschwunden. Nur das Erschrecken am nächsten Morgen war ihr geblieben. Der größte Schürzenjäger des Internats war es gewesen, der sie abgeschleppt hatte und natürlich hielt er nicht mit seiner Eroberung hinterm Berg.

Die folgenden Wochen wurden für sie zur Qual, da er natürlich auch herausposaunen musste, dass sie noch Jungfrau gewesen war und sich anscheinend auch noch so unbeholfen angestellt hatte, dass nun alle lachend mit dem Finger auf sie zeigten. Als der Kerl dann auch noch ein paar Fotos von ihr herumzeigte, die sie im volltrunkenen Zustand nackt in seinem Bett zeigten, war es ganz vorbei gewesen. Die letzten Monate der Lehre hatte sie sich fast versteckt. Jeder Schultag war wie ein Spießrutenlauf und jedes Tuscheln hinter ihrem Rücken war wie ein Stich in ihr Herz. Zum Glück war sie danach in eine andere Stadt gezogen, wo sie nun arbeitete.

Doch das wirkliche Glück wollte sich bei ihr nicht einstellen. Der nächste Freund trank zu viel und wurde dann gewalttätig. Danach kam einer, dem sie vertrauen wollte, doch durch einen Zufall bekam sie mit, wie er mit seinen Kumpels über sie redete und als sie ihn zur Rede stellen wollte, da wich er ihr aus. Dann kam irgendwann Mathias in ihr Leben und alles schien perfekt. Er war höflich, aufmerksam und zärtlich. Da er noch verheiratet war, hatte das natürlich den Vorteil, dass er mit seiner neuen Eroberung sicher auch nicht überall herum prahlen wollte. Daraus hatte sich dann mit der Zeit etwas entwickelt, was ihr zumindest den, vorher kaum gekannten, Spaß am Sex gebracht hatte. Nach all den vorhergehenden Enttäuschungen war sie mit Mathias wenigstens auch öfter mal zum Höhepunkt gekommen, doch dann war sie dieses Versteckspiel irgendwann leid gewesen.

Nun dankte sie Gott, dass sie die Pille nicht abgesetzt hatte, wie sie es vor ein paar Wochen noch vorgehabt hatte. Die ewigen Anrufe der Mutter hatten sie nur noch genervt. Jedes Mal hatte diese gesagt „Kind, du bist nun schon 22. Wann werde ich denn nun endlich Großmutter?" und „Als ich in deinem Alter war…" Zum Glück konnte die Mutter ja am Telefon nicht sehen, wie Daria ihre Augen verdrehte. Und zum Glück hatte sie den Gedanken verworfen, Mathias mit dem Kind zu einer Entscheidung zu überreden. Da wäre sie jetzt doppelt im Pech gewesen.

Langsam senkte sich die Dämmerung über die Stadt und immer noch wollte der Fluss an Tränen nicht versiegen. Sie hatte sich das alles so schön vorgestellt und nun waren ihre Träume so jämmerlich zerbrochen worden. Aber hatte sie wirklich geglaubt, dass der Mann seine Frau und die drei kleinen Kinder für sie verlassen würde? Vielleicht hatte er das nie wirklich vorgehabt und sie hatte seine Worte und Andeutungen nur in diese Richtung gedeutet. „Schuft!", sagte sie und verprügelte ihr Kopfkissen.

Der Mond schob sich vor ihr Schlafzimmerfenster und schien sie noch zusätzlich zu verhöhnen. Manche Nacht hatte sie sich nach Mathias gesehnt, aber da war er ja sicherlich bei seiner Frau gewesen. Ihr hatte er gesagt, das da schon lange nichts mehr laufen würde, aber bestimmt hatte der Mond schon von Anfang an gewusst, dass sie belogen worden war. Im Prinzip hatte Mathias sie und seine Frau gleichermaßen betrogen! Die Wut und der Hass wühlten sich durch ihren Körper und gleichzeitig sehnte sie sich nach seinen Streicheleinheiten.

Das war einfach zu gemein gewesen. Sie wollte doch nur geliebt werden. Einfach mal in den Arm genommen, geküsst und gestreichelt werden. Warum hatte sie nur immer solch ein Pech? Mittlerweile war ihr Kopfkissen vollkommen von ihren Tränen durchweicht. Daher griff sie sich das andere, aber das roch noch nach seinem Parfüm. Wütend warf sie es durch das Zimmer gegen die Wand, wo es neben dem Schrank zu Boden fiel. Dann lieber ohne Kopfkissen schlafen.

Nun war sie von der ganzen Heulerei so erschöpft, dass ihr endlich die Augen zufielen. Hoffentlich kam ein erlösender Schlaf. Doch mit dem Schlaf kam ein Traum zu ihr, in welchem sie erneut ihre Freunde in einer Reihe stehen sah. Von allen war sie nur ausgenutzt, gedemütigt und missbraucht worden. Mit Worten, mit Gesten oder mit Taten! Nicht einer davon hatte es wirklich gut mit ihr gemeint!

Dann hörte sie eine leise Stimme, die ihr zuwisperte „Vergiss die Männer. Du solltest dir das selbst Wert sein!" Damit wachte sie auf und sah das Mondlicht wieder. Obwohl sie nun wach war, blieb die leise Stimme einer Frau in ihrem Kopf „Habe Mut! Habe Selbstvertrauen!" Geräuschvoll zog sie die Luft durch die Nase, dann schnaubte sie in das Taschentuch, dass sie aus dem Nachtschrank herauszog. „Ich habe von euch die Nase voll!", sollte das wohl heißen. Sie lächelte vor sich hin und schlief wieder ein.

13. Kapitel

Unter Hypnose

Hatte er Frau Müller nicht versprochen, sich von den Frauen fernzuhalten? Das hatte nur dazu geführt, dass er mit Franz in der Kiste gelandet war. Der Film hatte dann noch für den Rest gesorgt. Nun lag er hier und sah zu der Frau hinüber, die er sein ganzes Leben schon kannte. Der Haarknoten hatte sich in der Nacht gelöst und die wilde, rote Mähne hatte sich über die nackten Schultern ergossen. Noch schlief sie, aber der Wecker würde sie sicher gleich aus dem Schlaf holen.

Sie musste zur Arbeit und er konnte eigentlich noch liegen bleiben. Erneut ließ er seinen Blick über die Frau gleiten, aber da war nur Freundschaft in ihm. Nichts sonst. Oder fühlte er bei ihr dasselbe, was er auch bei den anderen Frauen fühlte? Natürlich war Franz wunderschön und der Sex mit ihr war großartig gewesen. Unverbindlich und gut. Aber Sex mit einem Kumpel? Irgendwie kam ihm das schmutzig vor.

Das Piepsen vom Nachtschränkchen ließ sie aufschrecken. Für einen Moment sah er den fragenden Blick in ihrem Gesicht, dann folgte die Erkenntnis der vergangenen Nacht. „Guten Morgen", sagte sie leise und sah an sich herunter. Die Decke war verrutscht und ließ einen Teil ihres Beines frei. Schnell zog sie es ein. „Ich gehe mich mal duschen", erklärte er und gab ihr damit die Gelegenheit, aus dieser verfänglichen Situation herauszukommen.

Peter griff sich seine Wäsche, die vollkommen wirr vor dem Bett verstreut lag, und ging unter die Dusche. Als er aus dem Bad kam, verschwand sie darin und hatte dabei wieder das lange T-Shirt an, das ihr bis über den Hintern fiel. „Der Kaffee läuft!", sagte sie noch schnell, dann war sie drin und er hörte, dass sie den Riegel von innen vorlegte. Anscheinend hatte die letzte Nacht doch etwas geändert, denn das hatte sie bisher noch nie gemacht.

Zu oft hatte er gesehen, wie sie auf der Toilette gesessen hatte und die Tür war immer offen gewesen. So war das nun mal unter Kumpeln. Würde das jemals wieder werden? Nachdenklich ging er in die Küche hinüber und schob das von ihr bereitgelegte Brot in den Toaster. Noch bevor das Brot heraussprang, stand sie in dem Raum. Nun wieder perfekt frisiert, geschminkt und im Kleid. Fertig für die Arbeit.

Sollte er sich noch einmal entschuldigen? Aber sie hatte es ja auch gewollt. Trotzdem war da etwas in ihm, was er so noch nie gefühlt hat. Hatte er nun auf einmal doch Gefühle für eine Frau? Was sollte er ihr sagen? Nicht mal einen Kuss hatte es in der Nacht gegeben. Die Müllerstöchter hatten dafür gesorgt, dass sie einfach hemmungslos übereinander hergefallen waren. Und das war wirklich bildhaft zu verstehen. So wild hatte er es schon lange nicht mehr getrieben. Verstört sah er sie an. Dann goss er die beiden Tassen ein und gab ihr eine davon.

„Sehen wir uns heute Abend?", fragte sie ihn und nun zog er die Augenbrauen vor Überraschung hoch. „Na ja. Die Müllerstöchter haben ja dafür gesorgt, dass wir nicht zum Reden gekommen sind", gab sie ihm schelmisch zu verstehen. „Ich glaube, ich versuche es erst mal mit der Hypnose. Trotzdem danke für das Angebot." „Immer wieder gern", antwortete sie und setzte hinzu, „Du bist gar nicht so schlecht im Bett, wie Manuela früher immer erzählt hat."

Fast hätte Peter sich am Kaffee verschluckt. „Ihr Frauen redet über so etwas?", fragte er sie und Franz setzte hinzu „Ihr Männer doch sicher auch. Oder?", dabei stieß sie ihm lachend den Ellenbogen in die Rippen. Da war der Kumpel wieder. Auch, wenn er nun Lidschatten und geschminkte Lippen hatte. Zum Glück hatte diese heiße Nacht nichts an ihrer Freundschaft geändert.

Zusammen verließen sie die Wohnung und kurz darauf hatte er telefonisch den Termin für die nächste Sitzung bei Frau Doktor Müller ausgemacht.

Wenige Stunden später betrat er wieder die Praxis. Über die Erlebnisse der Nacht sagte er nichts, nur das es eben nichts geholfen hatte. Mit einer Handbewegung bat die Ärztin ihn, auf der Liege wieder Platz zu nehmen. Sie sagte „Bleiben sie ruhig und folgen sie einfach meiner Stimme. Wenn sie etwas sehen, dann sagen sie es mir einfach." dann schaltete sie die Musik ein. Danach sollte er sich auf einen pendelnden Anhänger konzentrieren.

Alles erlosch und eine Stimme begann zu erzählen, „Gehen sie zurück in ihren Kindergarten. Sie sind fünf Jahre alt und ihre Freundin Franziska hat ihnen gerade mit der Schippe auf den Kopf geschlagen. Was sehen sie? Was fühlen sie?" „Schmerz. Ich sehe Franz und weine! Sonst sehe ich nichts!" „Beschreiben sie die Umgebung" „Ich sehe nur sie. Sie hat eine blaue Latzhose an, an der ist oben eine gelbe Gans drauf" „Sonst noch etwas? Die Umgebung?" „Nein! Nichts! Nur ihre Augen."

„Dann stehen sie nun auf und gehen sie umher. Was sehen sie?" „Nur Dunkelheit!" „Nichts sonst?", fragte die Stimme, aber so sehr sich auch Peter anstrengte, er sah nichts mehr. Alles schien ausgelöscht. Die Ärztin schnippte mit den Fingern und das Licht kam zurück. Er sah sie an und fragte „Und nun? Muss ich für immer so weiter machen?" „Das hoffe ich nicht. Manchmal braucht es nur eine Weile, bis die Erinnerung trotzdem zurückkommt, auch wenn sie tief verschüttet ist. Reden sie noch mal mit ihrer Freundin, vielleicht reicht ja jetzt ein Wort oder eine Geste von ihr, damit sie sich erinnern können", gab ihm die Ärztin zurück und half ihm auf. Schon wenig später war er auch wieder draußen. Irgendwie immer noch unter Hypnose. Warum war das alles so tief in ihm vergraben? Wovor fürchtete er sich?

In Gedanken war er bis vor das Geschäft von Franz gekommen. Ein Laden für Damenmode. Bisher hatte er den nur von außen gesehen. Wie hatte er die Strecke überhaupt geschafft, ohne wirklich mit den Gedanken dabei zu sein? Auf dem Weg waren drei gefährliche Kreuzungen gewesen, von denen er auch nichts mitbekommen hatte. So eine Hypnose war anscheinend ziemlich gefährlich. Er nahm sich vor, beim nächsten Mal Frau Doktor Müller zu fragen, wie hoch die Todesrate nach solch einer Behandlung war. Unschlüssig stand er vor dem Schaufenster. Sollte er hineingehen? Er wollte Franz nur kurz sagen, dass er doch das Angebot annehmen und Pizza mitbringen würde, daher betrat er den Laden dann doch noch.

Eine Verkäuferin trat auf ihn zu und fragte, was er wolle. Vermutlich kamen nicht viele unbegleitete Herren in ein Damengeschäft. Daher wollte sie wohl helfen. „Daria" stand an ihrem Namensschild. „Ich suche Franz", sagte er. „Wen?" „Ach so. Franziska. Die arbeitet hier", erklärte er und Daria zeigte nach hinten „Die ist gerade bei der Unterwäsche. Sie können sie nicht verfehlen." Peter deutete eine Verbeugung an und ging. Erst kurz darauf fiel ihm ein, dass er die Frau kaum angesehen hatte. Vermutlich ebenfalls eine Nebenwirkung der Behandlung.

Auch das Unterwäscheregal interessierte ihn nicht. Kurz sagte er Franz, was er ihr sagen wollte und verschwand wieder.

14. Kapitel

Entscheidungen

In der Nacht hatte Daria dann irgendwann zu weinen aufgehört. Offensichtlich hatte Lilith Erfolg mit ihrem Tröstungsversuch gehabt. Aurelia saß immer noch in dem Sessel und dachte weiter nach. Immer hatte man sie vor den Dämonen gewarnt, aber sie schien doch ganz freundlich zu sein. Da war nichts, wovor man sich fürchten musste, von den langen Eckzähnen mal abgesehen. War sie wirklich so etwas wie ihre Mutter? Bisher hatte sich Aurelia noch nie gefragt, wo die Engel eigentlich herkamen.

Nun machte sie sich auch darüber Gedanken. Was hatte man ihr noch alles verschwiegen? Bis vor ein paar Tagen war alles noch klar gewesen und nun kam ein Zweifel nach dem anderen.

Die Sonne ging auf und Daria kam mit verheulten Augen und zerzausten Haaren aus dem Schlafzimmer. Sie schlurfte zum Bad und wenig später kam eine andere Frau heraus. Eine selbstbewusste und strahlend schöne Daria. Wie hatte sie das nur gemacht? Sie schnappte sich den

Hund und ging, während Aurelia in der Wohnung zurückblieb. Immer noch war eine Entscheidung offen, was sollte sie Lilith sagen? Zuerst kam aber ihre Mission. Konnte sie die immer noch erfüllen? Sie musste es!

Daria kam zurück, frühstückte und brach auf. Der Engel schloss sich ihr an. Nach ein paar hundert Schritten schloss Daria ein Geschäft auf. Offensichtlich ein Laden mit Bekleidung für Frauen. Aurelia sah nur kurz hinein und beschloss dann nach einer Antwort auf ihre Fragen zu suchen, denn gegenüber sah sie die Spitze einer Kirche und wo konnte man als Engel eine Antwort erhalten? Nur in einer Kirche! Schritt für Schritt setzte sie ihre nackten Füße auf den Fußweg. Doch die Tür war noch zu. Bei den Menschen hatte Gott Öffnungszeiten! Sie musste unwillkürlich nach oben sehen. Dort oben wäre sie einfach zu Gabriel gegangen und der hätte ihre Fragen sicher beantwortet. Dabei fiel ihr ein, dass sie noch nie nach irgendetwas gefragt hatte. Alles war immer klar gewesen. Sie seufzte und die Tür des Gotteshauses öffnete sich.

Und so saß sie wenig später in einer Bank und versuchte dort eine Antwort zu finden. Dann hörte sie eine Stimme hinter sich „Wusste ich doch, dass ich dich hier finden würde." Aurelia drehte sich um und sah Lilith hinter sich stehen. „Du darfst hier herein?", fragte sie überrascht und Lilith ließ wieder lächelnd ihre Eckzähne aufblitzen „Du meinst wegen Dämon und Kirche? Ich bin oft hier. Hier bin ich euch nah!", erklärte die Frau, anschließend setzte sie sich in die Bank neben Aurelia. Dann sagte sie plötzlich „Hallo Gabriel, schön dich mal wieder zu sehen. Wie lange ist das schon her?" Aurelia sah nach vorn und erkannte ihren Chef „Hallo Lilith. Ein paar tausend Jahre. Du hast dich kaum verändert", sagte er und setzte sich auf die andere Seite, nun hatten die beiden Aurelia zwischen sich.

Eigentlich war das ja nun der Moment, um alle Fragen loszuwerden, doch im Augenblick fiel ihr nichts mehr ein. Es schien so, als ob der Erzengel mit dem Dämon flirtete. Wenn sie jetzt zwei Pfeile gehabt hätte, dann hätte sie sicherlich Geschichte schreiben können, aber der Bogen lag in Darias Wohnung. Die Geschichten und Warnungen vor den Dämonen fielen ihr wieder ein. War es nicht immer Gabriel gewesen, der ihr diese erzählt hatte? Nun fühlte sie sich hier irgendwie fehl am Platze. Zum Glück war es Tag und das Licht war an. Dann ging Gabriel einfach wieder, ohne noch einmal nach ihr zu sehen. Er ließ seinen Schützling bei dem Dämon zurück!

Irgendwie war das wohl auch eine Antwort. Lilith lehnte sich zurück und schlug die Beine übereinander. „Und nun?", fragte sie. „Ich habe mich noch nicht entschieden!", entgegnete Aurelia. Die Dämonin nickte und entgegnete „Das will auch wohlüberlegt sein. Ich hatte diese Wahl nicht." „Was ist denn nun die Liebe?", fragte Aurelia und sah, wie die andere Frau die Augenbrauen hochzog. „Du bist seit mehr als zweitausend Jahren als Liebesbote unterwegs und hast keine Ahnung, was du da machst?", fragte die Dämonin. Aurelia zuckte mit den Achseln. Dann setzte der Dämon hinzu „Ach so! Stimmt ja. Kein Herz, kein Gefühl. Wolltest du das nicht ihn fragen?" und zeigte nach vorn auf den Altar. „Vielleicht! Aber auch, wo wir Engel herkommen" „Dort her!", sagte Lilith und legte Aurelias Hand auf ihren Bauch.

„Aber es sind so viele Engel. Wie kann da nur ein Schoß der Ursprung sein?" „Sind es nicht auch viele Menschen?", fragte Lilith und ließ Aurelias Hand wieder los. Nachdenklich nickte der Engel. „Du hast also keine Ahnung, was deine Pfeile so anrichten können?", fragte Lilith, vermutlich um sich von dem Schmerz um das verlorene Kind abzulenken. Zumindest sagte so etwas ihr Gesichtsausdruck aus.

Aurelia schüttelte den Kopf „Selbst wenn dich dein Pfeil treffen würde, er würde nichts bei dir bewirken. Ohne ein schlagendes Herz kannst du weder die Freude noch den Schmerz der Liebe verspüren. Und ich kann es dir auch nicht erklären. Das muss man erleben!", setzte Lilith hinzu, strich ihr über den Kopf und ließ noch ein leises „Armes Ding!" vernehmen.

Dann stand die Dämonin wieder auf, warf noch einen Blick nach vorn und sagte dann zu Aurelia „Du solltest dir gut überlegen, ob du die Liebe einmal selbst spüren willst. Wenn du dich entschieden hast, so rufe mich. Ich werde dich dann schon finden." Der Engel nickte ihr zu und Lilith verschwand einfach so, als ob sie sich in Luft aufgelöst hätte. Wieder ließ sie Aurelia verwirrt zurück.

Da nun sicher keine Antwort mehr zu erreichen war, stand sie auf und wollte zu Daria in den Laden zurück. „Was macht die wohl gerade?", sauste es durch den Kopf des Engels. Doch dadurch lief sie immer wieder Kringel durch die Stadt. Aurelia war mit ihren Gedanken nicht mehr bei ihrer Aufgabe. War das vielleicht ein Teil der Prüfung? Das Gespräch zwischen Lilith und Gabriel hatte sie stutzig werden lassen.

In all den Geschichten, die sie über Dämonen gehört und gelesen hatte, da gab es nicht eine, die dieser hier entsprach. Doch war Luzifer nicht auch ein Engel? Nach der Sage war er sogar der Lieblingsengel Gottes gewesen.

Jeder Tag auf dieser Erde verwirrte Aurelia nur noch mehr. Dann sah sie zwei Männer, die Händchen haltend an ihr vorbei gingen. Ihr blieb der Mund offen stehen. Das gab es doch nicht! Hatte da einer ihrer Kollegen vorbeigeschossen?

15. Kapitel

Blitzlichter

Die Begrüßung am Abend war etwas frostig gewesen, doch die heiße Pizza taute das Eis schnell. Franz hatte ihn auf die Couch geschickt, auf der am Abend zuvor alles begonnen hatte. Sie saß im Sessel. Der Schrank mit den Videos war anscheinend auch verschlossen, da der sonst dort steckende Schlüssel verschwunden war. Es gab auch kein Bier, nur Wasser. Aber sie wollten ja auch reden. Er erzählte von der Hypnose und versuchte ein paar Bilder von früher zu bekommen. Doch wieder passierte nichts. Um nicht schweigend einfach so dort zu sitzen, schaltete Franz den Fernseher ein. Es kam ein Liebesfilm. Na klar! Das musste wohl jetzt auch noch sein. Er angelte die Fernbedienung vom Tisch, um umzuschalten, als Franz plötzlich sagte „Das Mädchen dort sieht wie deine Schwester aus!"

Peter zuckte zusammen. „Meine Schwester? Ich habe eine Schwester?", fragte er. Franz sah ihn entgeistert an „Du hattest eine. Susanna!", erklärte sie und Peter sah das Kind im Fernseher an. „Susanna, Susanna", murmelte er vor sich hin, doch es fiel ihm noch nicht wieder ein. „Die muss gestorben sein, als du etwa sechs Jahre alt warst. Ich habe die immer bewundert. Die war damals zwölf, glaube ich", sagte Franz und sah zum Fernseher.

„Das Mädchen sieht ihr wirklich sehr ähnlich!", begann Peter nach einer Weile zu erklären. „Du kannst dich wieder an sie erinnern?", fiel ihm Franziska erfreut ins Wort und er nickte. Danach blickte Peter zur Zimmerdecke und plötzlich fielen lauter Bilder auf ihn herab, so als hätte jemand eine Kiste mit Fotos über ihm ausgekippt.

Vor Schreck und Überraschung schlug er die Hände vor sein Gesicht. Mit Susanna hatte alles begonnen. Franz kam herüber, berührte ihn an der Schulter und fragte „Was ist mit dir? Geht es dir gut?" „Nicht wirklich!", stöhnte er. Die Bilder kreisten in seinem Kopf und ihm wurde schwindelig davon. Noch waren die Erinnerungen nicht in der richtigen Reihenfolge. Wie Blitze flammten sie auf und erloschen sofort wieder.

Gedankenblitze! Sie flogen hin und her und suchten ihren Platz.

„Lass es raus! Dann wird es besser!", sagte die Frau leise und er spürte, wie sie sich neben ihn setzte. „Mit Susanna ging alles los!", begann er leise und nahm die Hände vom Gesicht. Er sah Franz an. „Was ging mit ihr los? Es muss wohl ein Unfall gewesen sein", sagte sie, doch er schüttelte den Kopf.

„Ich glaube nicht, dass es ein Unfall war", sagte er, aber Franz setzte hinzu „Meine Mutter hat mir gesagt, dass sie vom Schulbus überrollt worden war" „Das war sicher kein Zufall. Die Bilder kommen gerade zurück", setzte Peter ihr entgegen, dann schloss er die Augen und begann mit stockender Stimme zu erzählen, so wie die Bilder kamen „Ich bin sechs Jahre alt und wir haben ein gemeinsames Kinderzimmer. Ich mag meine große Schwester. Sie hilft mir jeden Tag. Ihr Bett ist am Fenster, meines neben der Tür. Es ist Nacht und ein Geräusch hat mich geweckt. Die Tür geht auf" nun schien die Wirkung der Hypnose einzusetzen.

Jetzt war er wieder der kleine Junge von sechs Jahren. Er spürt die Angst jener Nacht wieder. „Ich sehe meinen Vater, der in das Zimmer kommt und bin erleichtert. Er geht an mir vorbei zum Fenster." Peter stockte, öffnete die Augen und sah erneut zur Zimmerdecke hinauf. „Und dann?", drängelte Franz, die nun alles wissen wollte.

„Vom Fenster her höre ich einen unterdrückten Schrei. Dann raschelt es und ich höre meinen Vater schnaufen. Nach einer Weile geht er wieder und ich höre Susanna leise weinen. Ich will sie trösten, aber sie schiebt mich fort und schlägt mich. Ich kann sie nicht trösten." Die Tränen des kleinen Jungen laufen über Peters Wangen. „Das Schwein!", sagte Franz entsetzt. „Zwei Wochen später ist sie unter den Bus gekommen, wenn ich ihr doch nur hätte helfen können. Wenn ich es jemanden hätte sagen können, dann wäre sie vielleicht noch am Leben!" „Es war nicht deine Schuld! Du warst erst sechs!", erklärte Franziska und nahm ihn tröstend in den Arm, so wie es der kleine Junge damals gebraucht hätte.

Er schniefte und setzte fort „Meine Mutter ist am Tod meiner Schwester zerbrochen und mein Vater", er holte ein Taschentuch aus der Hosentasche und schnaubte laut hinein. Dann setzte er fort „Ich sehe ihn, wie er zur Magd nach oben steigt. Ich sehe ihn durch das Schlüsselloch mit der Köchin in der Küche. Eigentlich sehe ich ihn nur noch kopulierend mit anderen Frauen." „So ein Schwein! Da brauche ich jetzt erst mal einen Schnaps!", sagte Franz verbittert, „Ich auch!", ergänzte Peter und die Frau ging zum Kühlschrank.

Zwei Gläser später setzte er fort. „Ein neues Bild. Ich bin jetzt zwölf. So alt wie Susanna damals. Ich liege wieder in meinem Zimmer und wieder öffnet sich die Tür." Peter stockte und die Stimme versagte. Alles brach über ihm herein. „Du auch?", fragte Franziska entsetzt und schlug sich die Hand vor den Mund.

Peter konnte alles wieder spüren, aber sein Mund weigerte sich, es auszusprechen. Der Mann spürte wieder, was der Junge gefühlt hatte. Wie der Vater ihn auf den Bauch gedreht hatte, dass er wie gelähmt gewesen war und der Schmerz, der ihn fast zu zerreißen drohte, als der Vater in ihn eindrang. Die Hand vor dem Mund konnte er wieder spüren und die Tränen von damals schossen ihm in die Augen. Verzweiflung machte sich in ihm breit.

Franz sagte plötzlich „Weißt du noch, damals sollte ich mal eine Woche bei euch bleiben, weil meine Eltern doch diesen Unfall gehabt hatten.

Das muss ungefähr zu der Zeit gewesen sein. Ich war traurig, als ich dann zu meiner Oma musste." „Und doch hat dich das vermutlich gerettet!", sagte Peter schniefend und sah sie an „Glaubst du, er hätte auch mich?", fragte sie und er nickte. „Bestimmt!", gab er nur leise zurück und füllte die Schnapsgläser noch einmal.

„Das Schlimmste ist, dass ich sein Leben führe!", sagte er und Franziska legte ihre Hand auf seinen Arm „Wieso?", fragte sie. „Ich bin hinter jedem Rock her, so wie er. Gefühllos! Herzlos! Brutal!" „Aber jetzt weißt du, warum und kannst etwas ändern!", entgegnete sie und nahm ihn wieder tröstend in den Arm.

Langsam klang der Schmerz ab. „Ich sollte jetzt gehen", sagte er und wollte aufstehen „So lasse ich dich nicht aus meiner Wohnung!", entgegnete sie und zog ihn wieder zu sich. „Aber nur kuscheln!", setzte sie noch hinzu und lächelte den Rest des Schmerzes weg. Er nickte dankbar.

16. Kapitel

Arten der Liebe

Drei Tage hatte es Aurelia ausgehalten, bevor sie sich entschloss, nach der Dämonin zu rufen. Kaum hatte sie „Lilith!" gesagt, da erschien die Frau auch schon direkt vor ihr. „Du hast mich gerufen?", fragte sie und trat auf den Engel zu. Aurelia nickte nur und zeigte auf den Sessel neben sich. Daria war schon in ihrem Schlafzimmer. Ein solch braves Mädchen hatte Aurelia noch nie zuvor gesehen. Nun hatte sie bis zum Morgen die Wohnstube für sich. Sie setzte sich zu Lilith und sie beide sahen sich an.

Lilith war wirklich eine strahlende Schönheit. Kein Wunder, dass die Erzengel ihretwegen den Kopf verloren hatten. Wieder lächelte sie und warf die schwarze Mähne mit einer lässigen Handbewegung nach hinten. „Die Liebe!", begann Aurelia zu sagen, doch da wurde sie schon unterbrochen. „Es gibt nicht nur eine Liebe. Es gibt viele Arten davon!" entgegnete Lilith und lehnte sich in ihrem Sessel zurück.

„Eigentlich gibt es so viele Arten, wie es Menschen gibt. Und manche Menschen haben auch noch verschiedene Formen", setzte sie fort und sah nachdenklich zum Fenster, hinter dem die Lichter der Stadt die Nacht durchdrangen. „Es gibt die Liebe eines Kindes zu seinem Haustier." „Die habe ich schon gesehen", setzte Aurelia ein und dachte an das kleine Mädchen mit dem Kaninchen. Lilith zog die Augenbrauen zusammen „Gesehen? Liebe kann man nicht sehen, man muss sie spüren!", sagte sie nachdenklich und zeigte auf den Hund in dem Körbchen „Streichele Mäxchen. Was fühlst du?", begann die Dämonin und der Engel beugte sich hinab, „Sein Fell ist weich!" „Sonst nichts?" „Nein!" „Na gut", setzte die Dämonin fort. „Dann gibt es noch die Liebe eines Kindes zu seiner Mutter", erklärte Lilith weiter und wartete sichtbar auf eine Entgegnung des Engels.

Aurelia überlegte und sah die andere Frau an. Diese seufzte nur. „Auch nichts?", fragte Lilith und Aurelia schüttelte den Kopf. Es sah so aus, als ob eine Träne über Liliths Wange lief. „Na gut. Du hast mich gerufen! Was kann ich also für dich tun?", frage die Dämonin und drehte sich schnell weg. „Ich will wissen, wie das so ist mit der Liebe!", erklärte der Engel. Liliths Gesicht wendete sich fast blitzschnell wieder zurück. „Du möchtest ein Herz?", fragte die Dämonin, „Habe ich nicht schon eines? Das hattest du doch gesagt!", entgegnete sie zweifelnd. Hatte der Dämon sie angelogen? „Natürlich hast du eines. Es steckt nutzlos da drin", sagte sie und tippte mit dem Zeigefinger auf die Brust des Engels. Dann erklärte sie weiter „Vorher solltest du die Menschen besser kennenlernen. Mit ihnen reden und lachen" „Aber wie? Die können mich doch nicht sehen?" „Ich zeige dir, wie das geht", erklärte Lilith und setzte nach einem prüfenden Blick hinzu „Aber du brauchst dringend etwas anderes zum Anziehen. So kannst du nicht zu ihnen" „Ich fand mein Kleid bisher sehr hübsch", begann Aurelia und strich über den langen weißen Stoff, der ihren Körper einhüllte.

Lilith lachte schallend „Hübsch? Für einen Engel vielleicht, aber für einen Menschen? Ohne Schuhe, ohne Unterwäsche und nur ein weißer Umhang?" „Unterwäsche? Schuhe?", setzte Aurelia ihr entgegen, dabei sah sie auf den Schrank von Daria. „Davon passt dir nichts!", erklärte der Dämon, der den Blick gesehen hatte. „Steh auf und komm mit!", sagte sie weiter und ging in die Mitte des Raumes. Als Aurelia vor sie getreten war, hüllte Lilith sie beide mit ihrem Umhang ein.

Nachdem sie diesen wieder weggenommen hatte, standen sie in einem Bekleidungsladen. Mitten in der Nacht! Es war Darias Geschäft, das kannte Aurelia schon recht gut. „Wir können doch hier nichts einfach so wegnehmen!", sagte sie und die Dämonin erklärte „Wir borgen und nur etwas aus!" Dann ging sie prüfend um Aurelia herum. „Zieh doch mal diesen Fummel aus!", sagte Lilith schließlich und half auch gleich dabei mit. Dann nickte sie und eilte zu den Regalen.

Mit zwei Armen voller Kleidung war sie schon wenig später wieder zurück. Es ging mit der Unterwäsche los und erst nach ein paar Versuchen hatte Aurelia etwas an, was nicht in die Haut schnitt oder drückte. Strümpfe und Schuhe kamen dazu und dann brachte Lilith ein Sommerkleid mit großen bunten Blumen. Nun endlich fühlte sich die Kleidung gut an. Wieder hüllte Lilith Aurelia in ihren Umhang und sofort waren sie im Stadtpark. Mitten in der Nacht! „Jetzt zeige ich dir, wie du für Menschen sichtbar werden kannst!", erklärte sie Aurelia und es brauchte ein paar Versuche, bis Aurelia es verstanden hatte.

„Ist das hier nicht zu gefährlich?", fragte Aurelia. „Nur für die Menschen oder wozu habe ich wohl meine Reißzähne?", entgegnete Lilith und lachte. Aurelia sah sie entgeistert an „Ich meinte, dass mich jemand sehen kann!" „Sie sollen dich doch sehen!", entgegnete die Dämonin, drehte sich blitzschnell im Kreis und hatte etwas Ähnliches wie der Engel an. „Lass uns gehen! Eines noch: gib niemanden die Hand und lass dich nicht berühren. Es könnte sein, das jemand den Notarzt ruft, wenn er deinen fehlenden Puls feststellt", sagte die Dämonin schmunzelnd.

„Wo gehen wir denn überhaupt hin?", fragte Aurelia und Lilith zeigte nach vorn, wo am Ende des Parks die Lichter der Stadt zu sehen waren. Es brummte, tutete und lärmte. Mit jedem Schritt wurden die Geräusche lauter. In der Nacht war Aurelia noch nie auf den Straßen gewesen. Erst jetzt in der Dunkelheit kam die Geschäftigkeit der Stadt so richtig vor ihr Auge. Nebeneinander schlenderten sie die Wege entlang.

Sie gingen von einem Café zu einer Bar. In ein Kino und danach wieder in eine kleine Bar. Dabei hörte sie vor allem zu. Wie es Lilith ihr geraten hatte, blieb sie noch alleine. Männer kamen in der Bar an ihren Tisch, aber Lilith wimmelte diese wortreich ab. Aurelia begann zu lernen. Auch wenn sie es nicht verstand und nicht fühlen konnte, so versuchte sie sich in fremde Gespräche hineinzuversetzen.

Dann war es mitten in der Nacht, als Lilith sie wieder in den Park führte, in den Umhang hüllte und schließlich mit ihr wieder in Darias Wohnung war.

„Und?", fragte die Dämonin, „Lass das erst mal auf dich wirken. Wenn du heute Abend immer noch ein Herz haben möchtest, dann hole ich dich wieder ab. Dann ist Freitagabend und wir werden dein neues Herz testen. Möchtest du?" „Gern." „Dann schlaf jetzt!", sagte Lilith, fuhr mit der Hand vor ihr Gesicht und Aurelia schlief im Sessel ein.

Sie träumte von den verschiedenen Arten der Liebe. Ein paar hatte sie nun gesehen. Würde sie diese schon bald selbst erleben?

17. Kapitel
Ein ungeliebtes Vorbild

Seit ein paar Tagen hielt sich nun Peter, der Anweisung von Frau Doktor Müller gemäß, von den Frauen zurück. Dafür war er nun jeden Abend bei Franziska zum Reden gewesen. Mit Ausnahme des ersten Abends war es auch beim Reden und beim Kuscheln geblieben. Und beim Kuscheln wirklich auch höchstens mit Streicheln. Unverfängliches Zusammensein. Kein Sex, kein Petting, nichts sonst. Natürlich hatte es ihm in der Zeit oft in den Fingern gekribbelt, wenn er die Frauen im Park gesehen hatte, wenn er dort mit Franz joggen war. Aber er hatte widerstanden! Es war wie eine Art von Entwöhnung gewesen und erst mit dem Abstand kam die Erkenntnis in ihm auf, was er die ganze Zeit wirklich getan hatte.

Was er nicht nur sich, sondern auch den Frauen angetan hatte! Es mussten sicher hunderte in all den Jahren gewesen sein, die sich vielleicht auch etwas mehr von ihm versprochen hatten, als nur eine Nacht oder eine schnelle Nummer.

Fast schämte er sich bei dem Gedanken daran und noch mehr ärgerte es ihm, dass er versucht hatte, dem ungeliebten Vater nachzueifern. Warum nur? Hatte der eigene Schmerz ihn bewogen, auch anderen Schmerz zuzufügen? Auch darüber redete er oft mit Franziska und es schien ihm so, als ob diese Unterhaltungen in ihrer Verbindung etwas änderten. Allerdings offensichtlich zum Guten. Die Unterhaltungen wurden tiefsinniger und Franz hielt sich mit den bisher so geliebten schlüpfrigen Zoten zurück. Vielleicht war das auch bei ihr nur eine Schutzreaktion auf etwas gewesen, was in der Kindheit begonnen hatte. Bei ihr war es anscheinend die Mutter, mit der sie im Kampf stand. Wen auch nicht so versteckt, wie es seine Seele gemacht hatte.

Dabei dachte er dann eine Woche zurück, wie es da gewesen war. Er hatte praktisch jede Frau gevögelt, die sich ihm angeboten hatte. Die Frauen waren seine Droge gewesen und erst mit dem Entzug von der Droge wurde ihm immer mehr bewusst, was er da gemacht hatte. Im Spiegel konnte er sich kaum noch in die Augen sehen und er hätte sich liebend gern selbst eine heruntergehauen, wenn es etwas hätte wiedergutmachen können. Doch das ging nun mal nicht. Umso enger wurde aber die alte Verbindung zu Franz in ihm. Irgendwie war sie seine Seelenpartnerin und er hatte das in all den Jahren nicht erkannt oder verdrängt. Jetzt, mit der Erinnerung an die verlorene Kindheit, war das Gefühl nur noch intensiver gewesen. Da kamen wieder die alten Abenteuer in ihm hoch. Wie sie am Waldteich angeln waren. Wie sie dort nackt gebadet hatten. Wie sie mit dem Fahrrad durch den Wald gejagt waren.

Peter hatte es immer vorgezogen, von zu Hause zu fliehen und Franz hatte ihm dabei geholfen. Vielleicht war es damals auch für sie eine Flucht gewesen. Es war Sommer und es war Donnerstag. Da hatten sie früher immer die Flucht geprobt. Warum also nicht auch an diesem Abend? Viel zu lange hatten sie nur einfach so gelebt. Nun wurde es wieder Zeit für einen Jungenstreich. Also machte sich Peter auf den Weg zu dem Geschäft, in welchem Franz arbeitete.

Schon nach ein paar Schritten war er im Park und wieder schien es so, als ob die Frauen heute besonders kurze Kleider trugen, nur um ihn zu Quälen. Aber der Schmerz der ersten Tage war schon lange nicht mehr so groß, als dass er seinem Weg nicht hätte nachgehen können. Dann bog er in die Ladenstraße ein und kam an einem Café vorbei. Eine junge Frau stand auf, kam auf ihn zu und schlug ihm wortlos mit der flachen

Hand in sein Gesicht. Dann ging sie zurück und setzte sich.

Für einen Moment überlegte er, woher er die Frau kannte, bis ihm die Nacht wieder eingefallen war. Er ging die zwei Schritte auf sie zu, entschuldigte sich für sein Verhalten und setzte seinen Weg fort. Vielleicht hätte er sich bei allen „Opfern" seiner Gier entschuldigen müssen, aber das waren so unendlich viele. Seine Wange brannte noch von dem Schlag, aber er empfand das als gerechte Strafe. Ein paar Schritte später war er in dem Geschäft, dass er nun schon zum zweiten Male betrat.

Kurz orientierte er sich und ging zu seiner Freundin hinüber. „Sommerabend! Angeln! Baden! Waldteich! Fahrrad!", sagte er kurz, „Alles, bis auf das Fahrrad!", entgegnete Franz lachend und setzte hinzu „Ich hole dich mit dem Cabrio ab" „Warum ziehst du nicht so einen tollen Bikini an?", fragte er sie schmunzelnd und zeigte zu der Auslage, neben der Franz gerade Wäsche auf einem Tisch drapierte. Lachend zeigte sie ihm einen Vogel und sagte „Ich und Bikini? Soweit kommt das noch. Willst du keinen anziehen?" dabei warf sie ihm ein knallrotes zweiteiliges

Badeoutfit zu, welches er fing und sich lachend anhielt.

„Also wann bist du da?", fragte er, während er das dünne Stoffstück zurück in den Ständer hängte. „Acht Uhr!", entgegnete sie und er nickte ihr zu. „Deine Chefin kommt!", wisperte er ihr zu und drehte sich zum Ausgang um. Bis vor einer Woche hätte es ihm sicherlich nichts ausgemacht, in der Dessous-Abteilung herumzustehen. Nun war ihm das irgendwie peinlich. Hinter sich hörte er, wie Franziska um eine Stunde eher Feierabend bat, was die Chefin ihr auch gern gewährte. Sicherlich hatte sie einen Teil des Gespräches aufgefangen und war auch gern bereit, der Tochter ihrer Freundin einen Gefallen zu tun. Zumindest hatte sich Franz ihm gegenüber so geäußert.

Er schlenderte die Ladenstraße wieder zurück und bog in den Park ab. Sollte er zuvor noch joggen gehen? Schließlich waren es noch ein paar Stunden und die wollte er sich ja auch nicht langweilen. Grübelnd ging er den Park hindurch, bis er auf der anderen Seite an dem kleinen Friedhof herauskam.

Erstaunt fragte er sich, wer wohl seine Schritte hierher gelenkt hatte? Durch den hohen Zaun konnte er das Grab des Vaters sehen. Was sollte er hier? Eine unsichtbare Kraft zog ihn die zwanzig Schritte weiter, bis er vor dem Grab stand. Und nun? Das Schreckgespenst seiner Kindheit lag hier unter diesem Stein versiegelt bis in alle Ewigkeit. Kein Schmuck, keiner, der an ihn dachte. Der Vater hatte alle in seiner Umgebung zerstört und das war nun der Dank!

So wollte Peter nicht auch noch enden! Dieses verwilderte Grab bestätigte ihn nur in seinem Vorhaben. „Bleib Standhaft!", sauste es durch seinen Kopf und es war die Stimme des so gehassten Vaters, der diese Worte sagte. „Das werde ich tun!", sagte Peter laut und drehte sich zum Ausgang des Friedhofes um.

18. Kapitel

Nicht nur ein Job!

Sie schob sich die Lesebrille auf die Nase und schlug das Kassenbuch auf. Mit dem Finger auf der Seite kontrollierte Daria den Wareneingang. Das war etwas, was zwar zum Job dazugehörte, was sie aber nicht ganz so gern tat. Eigentlich hatte sie ihr Leben lang etwas mit „Mode" machen wollen und das hier war etwas, was dazu gehörte. Am liebsten war sie aber mit den Kundinnen zwischen den Regalen und Ständern, auf denen die schönsten Kleider hingen.

Hier konnte sie beraten, probieren und das Funkeln in den Augen der zufriedenen Kundinnen war ihr Lohn dafür. Sie sah in den kleinen Spiegel, der links neben dem Kassentresen angebracht war. Die große schwarze Brille stand ihr zwar nicht so gut, aber die brauchte sie nur zum Lesen. Die blonden Haare zum Pferdeschwanz zusammengezogen betrachtete sie ihr eigenes Spiegelbild. Sie war weder hübsch noch hässlich. Einfach nur guter Durchschnitt, wie sie fand.

Wieder dachte sie an die Freundinnen in der Schule zurück, wie die sich ihr gegenüber gegeben hatte. Vielleicht hatte sie nie wirklich eine Freundin gehabt. Immer hatte sie sich ausgegrenzt gefühlt. Ob ihr das nun nur so vorkam oder wirklich so gewesen war, dass konnte sie ja nicht beurteilen. Aber heimlich hatte sie die anderen Mädchen bewundert. Daria stellte sich seitlich, um ihre Silhouette im Spiegel zu betrachten. Es hatte lange gedauert, bis sich ihre Oberweite auf ein Maß vergrößert hatte, mit dem sie ohne Scheu das Haus verlassen konnte. Die anderen Mädchen hatten schon mit vierzehn das gehabt, was sie nun hatte. Jahrelang hatte sie daher schlabbrige T-Shirts getragen, um ihren „Makel" zu kaschieren. Dabei wollte sie sich doch modisch kleiden. Erst jetzt konnte sie das wirklich.

Gedankenvoll erinnerte sie sich an die ungeliebte Schule. Vielleicht war sie auch deshalb so verschlossen gewesen. Während die anderen Freundinnen schon einen Freund hatten, hatte sie sich immer beim Sport als letzte in den Umkleideraum geschlichen. Sie schämte sich damals für ihren Körper und es wäre ihr nie in den Sinn gekommen, im Sommer einfach so baden zu gehen. Da hätte sie den anderen nur gezeigt, wie flach sie noch gewesen wäre und das hätte den anderen

Mädchen vielleicht nur Munition gegeben, um über sie zu tuscheln.

Sicherlich hatten die anderen das auch so gemacht. Nun war alles anders. Sie strich sich die Bluse glatt und zog das Gummiband vom Pferdeschwanz ab. Die Haare fielen ihr in kleinen Wellen bis über die Schultern. Sollte sie die lieber offen tagen? Mathias hatte immer den Pferdeschwanz geliebt, aber der war ja nun fort.

Die alten Selbstzweifel kamen wieder auf und sie musste daran denken, dass diese vielleicht zu der Katastrophe am Ende der Lehre geführt hatten. Sie, die sich immer für ihren Körper geschämt hatte, stand plötzlich unfreiwillig mit diesem Körper in der Öffentlichkeit. Das hatte ihr aufkeimendes Selbstbewusstsein für Jahre geschädigt. Noch heute zog sie sich lieber in die Einsamkeit zurück.

Obwohl sie ja in ihrer eigenen Wohnung, hinter heruntergezogenen Rollos, keiner sehen konnte, zog sie sich trotzdem nur im Dunkeln an und aus. Vielleicht war da noch die alte Scham drin. Auch wenn Mathias sie geliebt hatte, so hatte sie sich immer unter der Decke versteckt. Nur nicht zu viel von ihrem Körper zeigen!

Noch einmal zog sie die Bluse zurecht. Sie hatte diese hier mit einem Angestelltenrabatt kaufen können. In einem anderen Laden hätte ihr Geld sicher nicht dafür gereicht, aber ihre Chefin wollte ja, dass sie attraktiv aussah. Franziska, die andere Verkäuferin, trat an den Spiegel, richtete kurz ihr Haar und ging zur Kaffeemaschine nach hinten. Nur sie zwei waren hier fest eingestellt. Von Zeit zu Zeit holte die Chefin auch mal ein paar Praktikantinnen, wenn eine neue Kollektion kam, oder es einen Schlussverkauf gab. Franziska brachte eine Tasse zu ihr nach vorn und Daria ließ die Brille in der Schublade verschwinden. Zusammen setzten sie sich auf das Sofa und warteten auf die erste Kundin des Tages.

Mit der anderen Verkäuferin hatte sie so gar keinen gemeinsamen Gesprächsstoff. Franziska mochte Sport und den konnte Daria nun mal nicht ab. Vielleicht auch noch eine Reflexion aus lange vergangenen Schultagen. Sicherlich war die andere immer eine gute Sportlerin gewesen. Sie hatte Muskeln an den Armen, die so gar nicht zu dem schicken Kleid passten, dass sie gerade trug.

Von ihrem Platz hatte sie die Tür immer im Blick und konnte sofort aufspringen, wenn eine Frau in das Geschäft kam. Sie hatten sich beide den Laden aufgeteilt. Während Franziska die Unterwäscheabteilung betreute, war Daria für die Kleider, Blusen und Röcke zuständig. Genau auf der Grenze zwischen den beiden Abteilungen hing ein Baldachin aus schwerem Stoff. Drohend schwebte dieses Segel über den beiden Frauen, wenn sie auf dem Sofa saßen.

Die Ladenglocke piepste und Daria sprang von ihrem Platz. Eine ältere Dame betrat das Geschäft und sie eilte ihr entgegen. Wenig später begann sie die edlen Stoffe anzupreisen und die Schnitte zu erklären. Sie ging in ihrer Aufgabe auf, während Franziska immer noch auf dem Sofa saß, die Beine übereinander geschlagen hatte und gelangweilt ihren Kaffee trank. Nachdem die Dame das Geschäft verlassen hatte, angelte sich Franziska einen Keks von dem Tablett auf dem Tisch. Offensichtlich machte sich die andere Frau nicht so viel aus der Mode. Unterwäsche ging da anscheinend gerade noch so. Doch für Daria war es eine Berufung, die schicken Schnitte an die modische Frau zu bringen. Sie liebte das, was sie hier tat und es war kein Job, es war eine Art von Lebensaufgabe für sie.

Trotzdem dachte sie oft, ob das wirklich alles war, was sie tun wollte. Vielleicht konnte sie auch die Schnitte entwerfen? Oder zeigen? Doch beides würden sicher Träume bleiben. Zu unerfahren war sie in diesen Dingen und als Model arbeiten? Mit ihrem Selbstwertgefühl, dass im Moment gerade wieder im Keller war? Wer würde sie da schon nehmen?

Dazu war sie auch noch viel zu klein und überhaupt, was sollte sie da? Trotzdem wäre es schön. Die Glocke erklang erneut, aber es war keine Frau, die den Laden betrat. Ein junger Mann sah sich schüchtern in dem Laden um. Sicherlich suchte er etwas für seine Freundin. Daria trat auf ihn zu und fragte, aber er rückte nicht mit der Sprache heraus. Da sie seinen Blick zur Unterwäscheabteilung sah, konnte sie sich denken, was er wollte und was dieser sicherlich vor einer Frau nicht sagen wollte.

„Welche Größe brauchen sie?", fragte sie und sah den verwirrten Blick. „Sie hat ein bisschen weniger als sie", erklärte er abschätzend. Daria schüttelte den Kopf „Das muss schon passen. Sie sollte es anprobieren." „Dann wird es aber keine Überraschung mehr", begann er, „Wenn es nicht passt, dann wird es eine böse Überraschung. Vielleicht wäre dann ein Gutschein besser. Oder sie bringen sie einfach mit", entgegnete Daria.

Der Mann nickte und sagte noch „Sie sind sehr hübsch." Dann ging er und ließ die junge Frau mit einem etwas gestärkten Selbstbewusstsein zurück. Sie liebte diesen Job!

19. Kapitel
Nachts am See

Franziska war pünktlich gewesen, aber das Kleid suchte er vergeblich an ihr. Fast fand er es schade. Doch Franz hatte sich in bequeme Sachen geworfen und das war in Anbetracht des gewählten Programmes auch normal gewesen. Schließlich gingen sie nicht zur Oper, sondern zu einem Bad in den kleinen Waldteich ihrer Jugend. Wie lange war er da schon nicht mehr gewesen? Jahre? Jahrzehnte? Nun brausten sie dahin und der Fahrtwind zerzauste ihr offenes Haar, aber sie schien sich nicht daran zu stören.

Für den Weg, den sie früher in einer Stunde mit dem Fahrrad geschafft hatten, brauchte das Auto nun fast dieselbe Zeit, weil die altbekannten Waldpfade nicht mit dem Cabrio befahrbar waren. Dann bogen sie in den letzten Waldweg ein, an dessen Ende schon das Blau des Wassers durch die Bäume hindurch schimmerte.

„Hoffentlich ist heute keiner dort!", dachte er noch, aber es war ja Donnerstag und da waren sie früher immer ungestört gewesen. Sie hatten als

Kinder immer für das Angeln extra diesen Tag gewählt. Ab Freitag war hier sonst immer die Hölle los gewesen. Da biss kein Fisch mehr an.

Die vertraute Wiese mit dem bekannten verkrüppelten Baum erschien. Dort hatten sie immer die Fahrräder angelehnt. Franz parkte und fragte schelmisch „Und wo ist deine Angel?" „Haben wir die früher gebraucht? Ein Strick und ein Ast und es ging los" „Und schon damals hat da nie ein Fisch angebissen!", entgegnete Franz lachend und öffnete die Tür des Cabrios. Die Schuhe landeten auf dem Notsitz und sie stellte ihre Füße in das weiche Gras. Er tat es ihr nach und ging ein paar Schritte, um auf das Wasser hinauszusehen.

„Viel hat sich hier nicht geändert", sagte er und betrachtete den morschen Steg, der in das Schilf hineinführte. Franz tauche neben ihm auf und hatte den roten Bikini an. „Also doch!", sagte er überrascht und sie lachte ihn aus. „Ich wollte nur mal dein Gesicht sehen, wenn ich das Ding anziehe. Nun kannst du ihn ja auch mal probieren", rief sie. Dabei streifte sie das Oberteil ab und hielt es ihm scherzhaft hin. „Ich sollte dich mal wieder übers Knie legen", entgegnete er und griff nach ihrer Hand.

„Untersteh dich!", quiekte sie, entwand sich ihm und lief zum Teich. Dabei streifte sie sich im Laufen das Höschen ab, warf es hinter sich und sprang im vollen Lauf in den Teich. Die Wasserfontäne war gewaltiger, als Peter diese aus Kinderzeiten in der Erinnerung hatte, dann tauchte die Frau wieder durch die Wasseroberfläche. „Fang mich doch du wasserscheuer Feigling!", rief sie ihm vom Teich aus zu, was er sich nicht zweimal sagen ließ.

Seine Sachen landeten beim Auto und er jagte ihr hinterher. Der Steg ächzte unter seinen Füßen, dann war er in der Luft. Mit schnellen Armzügen versuchte sie zu entkommen, aber er holte sie schnell ein. Nun schwammen und tauchten sie umeinander. Jetzt waren sie wieder beide zehn Jahre alt. Lachen, kreischen, schwimmen, sich gegenseitig nass spritzen. Alles wie früher. Nur wenn er sie nun erwischte, dann griff er prinzipiell an eine ihrer Brüste oder fasste sie ziemlich weit oben am Oberschenkel an.

Früher hatte ihm das nichts ausgemacht, aber jetzt? Er war seit fast einer Woche auf Entzug! Da half dann auch das kalte Wasser des Teiches nichts mehr. Das Lachen war ihm irgendwie vergangen. Nach einer Weile fiel ihr dann anscheinend auch sein verkniffener Gesichtsausdruck auf. „Du ärmster!", sagte sie bedauernd, als sie, beim unter ihm durchtauchen, sein Problem erkannt hatte, das er bis dahin unter der Wasseroberfläche verborgen gehalten hatte.

„Da kann ich sicher was für dich tun", gurrte sie ihn an und es war der Tonfall in ihrer Stimme, die sein Leiden noch verstärkte. Franz zog ihn an der Hand in das flache Wasser in der Nähe des Steges. Dort umkreiste sie ihn spielend und es schien ihr einen besonderen Spaß zu machen, ihn nur noch weiter zu quälen. Nach der dritten Runde packte er zu und konnte ihre Hüften erwischen. Aus dieser Umklammerung gab es für die Frau kein Entkommen mehr.

Sie stellte nach zwei spielerischen Versuchen ihren Widerstand lachend ein. Ein flüchtiger Kuss folgte, dann packte sie zu. Peter stöhnte auf und warf den Kopf zurück. Wollte sie wirklich nur die Hand nehmen? Fast flehend sah er sie an. Dieser Griff stammte aus dem gemeinsam gesehen Film und ihr schien es Spaß zu machen, genau diesen Trick bei ihm anzuwenden. Aber die Wirkung war gigantisch und auch er selbst war von der Größe der Erektion verwirrt. „Bitte nicht!", stöhnte er und Franz hatte ein Einsehen. Die Frau zog die Hand zurück.

Wenig später tauchte er nicht mehr im Teich, sondern er tauchte erleichtert in ihren Körper ein. Er hielt sie an den Hüften fest, während sie ihn mit den Beinen umklammerte. Stehend, im flachen Wasser neben dem alten Steg, vereinigten sie sich schnaufend. Ihre Bewegungen sorgten für kleine Wasserfontänen, die zwischen ihren Körpern aufgeworfen wurden. Nach ein paar Stößen sagte Franz fast ärgerlich „Und was ist mit mir?" Aber der Druck hatte erst mal heraus gemusst. Peter ließ sie los und die Frau stand schmollend vor ihm.

Nun begann er über Franziskas Aussage nachzudenken. Schließlich wollte sie ja auch ihren Teil davon abhaben. Er führte sie zum Steg, wo sie sich auf die Kante setzten. Mit den Füßen im Wasser grübelte er nach. Bisher war es immer nur um ihn gegangen. Nur seine Befriedigung hatte gezählt und er war bisher immer gut damit ausgekommen. Warum sich um andere Sorgen? Nun war da das ärgerliche Gesicht der nackten Freundin neben sich. Hatten sie gerade noch gescherzt, so war ihr im Moment sicher nicht nach scherzen zumute.

„Es tut mir leid!", sagte er leise und ihr Gesichtsausdruck hellte sich etwas auf. Vielleicht hatte diese Bemerkung ja auch schon gereicht, aber er fühlte in sich, dass er nun auch etwas für die Frau tun sollte. Peter wendete ihr sein Gesicht zu. Sanft küsste er ihren Hals und sie kicherte. Dann versuchte sie spielerisch ihm auszuweichen, doch er hielt sie fest. Seine Finger fuhren durch ihr rotes Haar, dann zogen sie die Konturen der Frau nach. Mit dem Mund setzte er die Suche fort. Langsam knabberte er sich an ihr herab, seine Zunge umspielte ihre Brust, dann drückte er die Freundin zurück, dass sie mit dem Rücken auf dem Holzbrettern zum Liegen kam.

Zaghaft ging sein Spiel mit Fingern, Mund und Zunge auf ihrem Körper weiter, wobei er merkte, dass sie immer schneller atmete. Die Frösche begannen im Schilf mit ihrem Abendlied, während Peter beobachtete, wie sich jedes Härchen bei Franziska aufstellte. Sein Gesicht tauchte zwischen ihre Schenkel und er schmeckte ihren Nektar. Gierig drückte sie sich ihm entgegen und er tauchte mit der Zunge in ihren Körper ein. Es dauerte nicht lange, dann bäumte sie sich auf und ein Schrei der Erlösung ließ den Froschchor verstummen.

Erschöpft fiel die Frau auf den Steg zurück und hauchte „Ich danke dir. Ich liebe dich!" Erschrocken ließ sich Peter neben sie auf das morsche Holz fallen und er sah, dass auch sie über den spontanen Ausspruch erschrocken war.

Liebe konnte alles zerstören! Sie waren doch Freunde, Kumpel!

Peter suchte nach Worten, um die Situation zu retten und er sah in ihren Augen, dass auch sie versuchte, die unbedacht ausgesprochene Äußerung zu entkräften.

Schließlich sagte er „Es war ein Freundschaftsdienst unter Freunden." Dann erkannte er, wie das Grübeln bei ihr einem Lächeln wich. Sie nickte ihm zu und gab ihm die Hand. Das sah zwar komisch aus, doch es schien zu helfen. Die Sonne ging unter und tauchte die beiden Menschen in ein goldenes Licht, dass auf ihren nassen Körpern glänzte. Er sah zu ihr herüber und ihre rote, lange Mähne lag wie ausgegossen auf dem Steg.

Seine Hand ruhte „freundschaftlich" auf ihrem Bauch kurz unterhalb ihrer Brust. Er mochte sie viel zu sehr, als dass er sie verlieren wollte. Die Dämmerung kam und er spürte, dass sie neben ihm eingeschlafen war.

Erschöpft und glücklich.

Und er war es ebenfalls. Leise gluckste das Wasser unter dem Holz und er konnte keinen Blick von der nahe liegenden Frau wenden. Er liebte sie auch, aber er würde das niemals zugeben.

20. Kapitel

Verwirrung der Gefühle

Eine Stimme riss Aurelia aus dem Schlaf. „Was machen sie denn in meiner Wohnung?", hörte sie und schlug die Augen auf. Daria stand im Schlafanzug vor ihr, hatte die Hände in die Hüften gestemmt und sah sie fragend an. Mäxchen lag auf Aurelias Schoß. Was war hier los? „Ähm, ich?", fragte der Engel. „Ja! Sie!", entgegnete Daria. Erst jetzt begriff Aurelia, dass sie vergessen hatte, sich wieder für die Menschen unsichtbar zu machen. Nun war es dafür zu spät. Sie brauchte eine Erklärung! „Ich war gestern auf einer Party und bin dann wieder heim. Ist das hier der dritte Stock?", fragte sie, „Nein! Der fünfte! Ich dachte, ich hätte abgeschlossen!" „Oh! Entschuldigung! Ich bin Aurelia. Ich bin neu im Haus", erklärte sie und stand auf. Der Hund sprang von ihrem Schoß herab. Daria ging zur Wohnungstür und Aurelia bat Lilith stumm, dass diese die Tür offen gelassen hätte, sonst würde die Erklärung schwieriger werden. Schließlich war sie in einer abgeschlossenen Wohnung.

Die Frau klinkte und die Tür schwang auf. „Oh!", sagte Daria überrascht. Dann wendete sie sich wieder Aurelia zu „Das Kleid ist doch aus unserem Laden. Ich habe die gerade erst in den Kleiderständer gehängt", fragte Daria, „Der Laden an der Ecke?", fragte Aurelia nach, obwohl sie es ja wusste. Daria nickte und der Engel sagte „Es ist wirklich schön.", dabei strich sie darüber und verließ die Wohnung. „Entschuldigung noch mal", sagte sie und Daria winkte ab. „Kann ja mal passieren", entgegnete sie und lachte Aurelia an. Dann war die Tür zu. Aurelia ging um die Ecke, um sich wieder ungesehen unsichtbar zu machen, dann wartete sie, bis die Frau mit Mäxchen wieder herauskam.

Nun war sie wieder drin und setzte sich in den Sessel zurück. Da die Dämonin sie am Abend wieder hier abholen wollte, beschloss sie, den Tag hier zu ruhen und über die Liebe nachzudenken. Wie würde das wohl werden? Noch konnte sie es sich nicht vorstellen.

Pünktlich auf die Minute war Daria wieder da und ging danach in den Laden. Mäxchen sprang wieder auf Aurelias Schoß und sie streichelte den kleinen Hund. Was würde sie da später dabei fühlen? Nun war sie aufgeregt und konnte den Abend kaum erwarten.

Lilith erschien früher als erwartet. „Und? Bist du bereit?", fragte sie und Aurelia nickte heftig. „Dann lege dich flach mit dem Rücken auf den Boden!", forderte die Frau sie auf und Aurelia kam der Aufforderung sofort nach. Der Dämon kniete neben ihr und legte die Hand auf Aurelias Brust. Für einen Moment verharrte sie dort mit geschlossenen Augen, dann sah sie Aurelia an. „Wirklich?", fragte sie erneut und setzte hinzu „Es gibt dann kein Zurück mehr!"

„Ja! Nun mach schon!", forderte Aurelia sie ungeduldig auf. So lange hatte sie auf diesen Moment schon gewartet und Lilith drückte auf Aurelias Brust. Immer stärker drückte sie zu, bis der Engel zusammenzuckte. Dann kam der erste Herzschlag und Lilith stand auf. Es kribbelte bei Aurelia im ganzen Körper. Dann stürzten hunderte Empfindungen auf sie ein. Es dauerte sicher eine halbe Stunde, bevor sich Aurelia wieder in den Sessel setzen konnte. Sie legte ihre Hand auf die Stelle, die der Dämon gedrückt hatte und sie konnte ihren Herzschlag spüren. „Und?", fragte Lilith, doch Aurelia brauchte noch etwas, um ihre Gefühle zu sortieren.

„Versuchen wir es noch mal", sagte Lilith und holte den Hund. Diesen drückte sie Aurelia in den

Arm und fragte „Was fühlst du?" „Ich mag ihn." „Gut! Und was empfindest du für mich?", fragte der Dämon, „Dankbarkeit!" „Es geht schon ganz gut!", sagte Lilith und übernahm Mäxchen wieder. „Es gibt noch andere Formen der Liebe", erklärte sie, während sie den Hund in das Körbchen zurückbrachte. „Die seelische und die körperliche!", begann sie und setzte sich neben Aurelia.

„Körperliche Liebe?", fragte der Engel. Schon oft hatte er dabei zugesehen, wie sich die Menschen in Liebe vereinigt hatten. Zuletzt bei Daria und dem älteren Mann, aber es selbst zu erleben? „Kann ich das?", fragte sie und die Dämonin setzte ihr entgegen „Du bist mir anatomisch gleich. Das habe ich beim Umziehen gestern im Geschäft gesehen. Möchtest du diese Erfahrung machen?"

Nur kurz überlegte sie, dann nickte Aurelia. „Fein", sagte Lilith, stand auf und drehte sich schnell im Kreis. Dann stand sie in neuen Sachen dort. Mit langen schwarzen Stiefeln und einem kurzen schwarzen Kleid. „Ist das Lack und Leder?", fragte Aurelia wissbegierig, als sie näher an das glänzende Kleid trat. „Und ich habe ein Kleid mit Blumen!", setzte sie empört hinzu. Lilith winkte ab „Wer ist denn hier die Dämonin? Ich bekomme sonst Ärger mit deinem Chef, wenn ich dich so gehen lassen würde", erklärte sie lachend, dabei streifte sie das Kleid mit der flachen Hand ein Stück nach unten. Es war trotzdem noch ziemlich kurz! „Und du bekämst auch Ärger und das wollen wir beide nicht!", beschloss die Dämonin ihre Ansprache. „Aber mit deinen Haaren müssen wir noch was machen. Ich kenne den besten Friseur der Stadt. Der ist teuflisch gut!", sagte sie lachend, dabei nahm sie Aurelia in ihre Arme und unter den Umhang. Wie im Flug standen sie sofort wieder im Park.

Nach nur wenigen Schritten waren sie in einem Friseurladen, in welchem Lilith herzlich begrüßt wurde. Dann saßen sie nebeneinander und zwei Männer wirbelten mit Schere, Kamm und Föhn um sie herum. Während Lilith lachte, war es Aurelia ein bisschen unheimlich. Der Zopf verschwand und ihre blonde Mähne lag nach ein paar Minuten in kleinen Löckchen um ihre Schultern. Engelslöckchen sagt man da wohl dazu und in ihrem Falle war es ja auch richtig.

Dann machten sie sich auf den Weg zu einem Nachtclub und Aurelia war es peinlich, dass die Männer ihr hinterher pfiffen. Allerdings schien es die Dämonin zu genießen. Eine lange Schlange von Männern und Frauen standen vor dem Gebäude, doch Lilith ging einfach an ihnen vorbei nach vorn und zog den Engel hinter sich her.

Ein breitschultriger Mann versperrte den Eingang und wollte sie wieder zurückschicken. Lilith lächelte ihn an und er gab schließlich den Weg frei. Er fragte noch „Wer ist den dein Zahnarzt?", weil er vermutlich ihre Fangzähne gesehen hatte. Dies verwirrte anscheinend Lilith, denn im Eingang schüttelte sie den Kopf „Früher wären die Männer schreiend weggerannt. Heute fragen sie nur, wer mein Zahnarzt ist. Moderne Zeiten!", sagte sie und sah zurück zu dem Typen in der Tür.

Die Musik wurde immer lauter und schon bald konnte Aurelia ihr eigenes Wort nicht mehr verstehen. Die Geräusche brummten in ihrem Bauch. Zusammen mit Lilith drehte sie sich zur Musik. Sie waren in der Mitte von hunderten anderen Menschen. Die Nähe, der Lärm und die flüchtigen Berührungen verwirrten den Engel zusehends mehr. Lauter ungewohnte Gefühle für ein untrainiertes Herz!

21. Kapitel
Das fünfundzwanzigste Kleid

Wer war bloß diese Frau gewesen? Auf dem Weg zur Arbeit hatte Daria darüber nachgegrübelt, aber es war schon seltsam gewesen, dass sie so einfach in der Wohnung gewesen war. Der Schreck war entsprechend groß bei ihr gewesen. Noch nie hatte Daria vergessen, die Tür zu verschließen. Die Mutter hatte ihr das vor dem Umzug in die Wohnung so oft erzählt und jedes Mal noch eine Schauergeschichte darauf gesetzt, was junge Frauen in der Stadt so alles passieren konnte. Die fremde Frau hatte sich mit Aurelia vorgestellt und es war ihr noch nicht mal eingefallen, sie nach dem Nachnamen zu fragen. Sie war ihr seltsam vertraut gewesen, so als würde sie diese Unbekannte schon lange kennen. Vermutlich hatte sie auch deshalb nicht die Polizei gerufen.

Aber noch etwas war seltsam. Das Kleid der Frau sah genauso aus, wie die Kleider aus der letzten Lieferung. Petra, eine junge Designerin, hatte extra und exklusiv für ihr Geschäft dieses Kleid entworfen und diese waren erst am vergangenen Abend geliefert worden. Da konnte eigentlich noch keines davon verkauft worden sein. Sie selbst hatte diese erst kurz von Ladenschluss in den exklusiven Kleiderständer gehängt. Hatte ihre Chefin noch eines verkauft, während sie im Lager die Schutzhüllen von den anderen entfernt hatte? Diese Frage zog Daria nun in das Geschäft. Sie war wie immer die erste, schloss auf und betrat den Verkaufsraum.

Direkt in der Mitte stand der Ständer mit der exklusiven Kollektion. Daria ging einmal rund herum und zählte. Sie kam auf vierundzwanzig. Noch eine Runde andersherum. Selbes Ergebnis. Eines fehlte! Dann ging sie zur Kasse und prüfte die Belege. In der letzten Stunde des vergangenen Tages war nur Kleinkram verkauft worden. Ein Kleid fehlte wirklich. Hatte die Frau es gestohlen? Die Tür öffnete sich und die Chefin betrat den Raum. „Ein Kleid fehlt!", rief ihr Daria entgegen. „Was? Wo? Wie kannst du dir so sicher sein?", fragte die ältere Frau nach und Daria zeigte auf den Ständer. „Es ist eines zu wenig!", erklärte sie. Aber von ihrer Beobachtung mit Aurelia erzählte sie erst mal noch nichts. Nun wurde gemeinsam gezählt. Das Ergebnis blieb. Auch der Lieferschein wurde kontrolliert.

Es blieb dabei, ein Kleid war verschwunden! Gerade als die Chefin die Polizei rufen wollte, piepste ihr Handy. „Eine SMS von Petra. Sie ist in den Urlaub geflogen und hat zuvor eines der Kleider verkauft. Die Kundin kommt heute und wird es bei uns bezahlen", erzählte die Chefin und ging nach hinten. Daria blieb, sich fragend, zurück. Sie hatte am Abend alle Kleider nach vorn gehängt. Wie hatte da Petra schon eines verkaufen können?

Das kam ihr alles sehr seltsam vor. Nun musste sie sich aber beeilen, um die durch die Suche versäumte Zeit wieder aufzuholen. Sie rannte durch die Regale, ordnete noch einmal alle Kleider. Dabei fiel ihr ein leerer Kleiderbügel in die Hand, welcher am Abend zuvor noch nicht auf dem Sofa gelegen hatte.

Die Chefin kam nach vorn, nickte ihr zu und hielt Daria eine Tasse Kaffee hin. Mit der Tasse setzten sie sich auf das Sofa und warteten auf Franziska, die zweite Verkäuferin, die sich manchmal verspätete, aber das ging dann eben von deren Kaffeepause ab. Daria mochte ihre Chefin und auch die Arbeit machte ihr Spaß. Das war bei Franziska offensichtlich nicht so.

Franziska erschien schnaufend im Laden. Ihren Haaren nach hatte sie verschlafen. Schnell half ihr Daria, dann setzte der Verkaufstrubel ein. Keine Zeit zum Nachdenken.

Gegen Mittag erschien eine wunderschöne Frau in einem schwarzen Kleid, welches für die derzeitigen Temperaturen sicher etwas zu lang war. Die langen schwarzen Haare fielen ihr weit in den Rücken. Ihre Bewegungen waren anmutig und sicher hatte diese Frau mal als Model gearbeitet. Mit einer Handbewegung schob sie sich die Sonnenbrille nach oben in ihr Haar, sah sich kurz im Laden um und kam dann auf Daria zu. Mit einer melodischen Stimme sagte sie „Ich komme von Petra und soll hier etwas bezahlen." Diese Stimme kam Daria bekannt vor. Vielleicht war die Frau ja wirklich Model und hatte mal ein Interview gegeben, dass Daria gehört hatte.

Sie zeigte zur Kasse und sagte „Dorthin, Frau?", um den Namen zu erfahren. Immer noch hatte sie nicht verstanden, warum diese Frau bezahlte und nicht, wie erwartet, Aurelia. „Lilith! Nennen sie mich einfach Lilith", entgegnete die andere Frau und setzte ein „Nach ihnen Kindchen." hinterher. Daria konnte dieses „Kindchen" nicht leiden und Lilith war doch höchstens zehn

Jahre älter. Doch sie unterdrückte ihren Ärger und ging vor. „899,95 Euro", sagte sie, nachdem sie den Preis in die Kasse getippt hatte. Lilith angelte zwei nagelneue 500 Euro Scheine aus einer winzigen Handtasche und sagte „Der Rest ist für sie." „Hundert Euro?", entgegnete Daria überrascht, doch Lilith nickte und steckte die Rechnung weg. „Gefällt ihnen denn das Kleid?", fragte Daria, als sie die Kassenschublade sorgsam verschlossen hatte.

„Es ist nicht für mich, sondern für meine Tochter", erklärte Lilith und sah sich im Laden um „Aurelia?", entgegnete Daria, „Sie kennen meine Tochter?", fragte Lilith, erwartete aber sicherlich keine Antwort. Wieder sah sie sich im Laden um „Kann ich ihnen etwas zeigen?", fragte Daria, da die Frau offensichtlich nach etwas suchte. „Ich glaube nicht, dass sie hier etwas haben, was meinen Stil trifft", sagte sie dann und zog die Augenbrauen hoch.

„Vielleicht bei der Unterwäsche?", setzte Daria nach. „Na ja. Schauen kann ich ja mal", stimmte Lilith zu und ging vor Daria her in den hinteren Teil, wo die Dessous lagen. „Wie alt kann diese Frau nur sein, wenn sie eine so alte Tochter hatte?", fragte sich Daria in Gedanken, danach richtete sich ja auch, was sie empfehlen sollte.

Lilith steuerte Zielsicher zu den Regalen mit den heißesten Teilen im Laden. Sicherlich war Aurelia nur ihre Stieftochter. So alt konnte sie noch nicht sein. Eine kurze Beratung folgte und Lilith verschwand mit zwei der Teile in der Umkleidekabine. Wenig später präsentierte sie sich Daria darin völlig ungeniert. Ihr Körper war wirklich makellos.

„Das steht ihnen wirklich perfekt", sagte Daria bewundernd zu der Frau. Diese strich über den Stoff und nickte „Da haben sie eine gute Wahl getroffen", erwiderte die Frau in der Kabine, legte den Kopf schief und sah sie mit großen, wunderschön geschminkten Augen an. Eine Weile schien ihr Blick sie durchbohren zu wollen. „Waren sie mal Model?", fragte Daria wissbegierig, „Ich bin es immer noch", erklärte Lilith. Ein Augenblick des Schweigens trat ein.

„Haben sie denn Interesse auch zu modeln?", fragte Lilith plötzlich. „Wer? Ich?", entgegnete Daria überrascht und setzte ein „Ja. Aber ich bin zu klein!" nach. „Größe macht es nicht aus. Man muss die richtige Ausstrahlung haben", sagte die halbnackte Frau und legte ihre Finger unter Darias Kinn. „Du bist sehr schön", sagte sie weiter und ging zurück in die Kabine.

Wenig später sagte sie, nun schon mit dem Kleid an „Ich behalte die Unterwäsche gleich an." Danach bezahlte sie und gab ihr eine Karte „Wenn du dir das mit dem Modeln überlegt hast, dann rufe Petra an. Die sucht gerade ein neues Modell für ihr Label", sagte die Frau. Dann schob Lilith ihre Brille wieder vor die Augen und ging.

Daria sah der Frau verwundert nach, dann betrachtete sie die Visitenkarte mit der goldenen Schrift. War das eine Einladung in ein neues Leben? In etwas, was sie schon immer gewollt hatte? Sie sollte ein Model werden? Warum eigentlich nicht!

22. Kapitel

Drei kleine Worte

Er hatte sie einfach schlafen lassen und erst der kühle Nachtwind hatte Franziska auf dem Steg geweckt. Sie hatte den Mann angesehen, der im Mondlicht neben ihr geschlafen hatte. Seine Hand war auf ihrem Bauch und sie hatte sich so unglaublich glücklich gefühlt. So schön war es noch nie gewesen. Zärtlich hatte er sie zum Höhepunkt gestreichelt und erst weit nach Mitternacht war sie wieder in ihrer Wohnung gewesen. Nun stand sie schon seit Stunden in dem Laden und war mit ihren Gedanken nicht bei der Sache. Einer Kundin hatte sie einen BH gegeben, der dieser sicher drei Nummern zu klein gewesen war und sie hatte noch nicht mal begriffen, was die Frau reklamieren wollte. Alle ihre Gedanken kreisten nur um diese drei kleinen Worte. „Ich liebe dich!", unbedacht von ihr im Moment des höchsten Glücks ausgestoßen.

Drei kleine Worte, die alles hätten zerstören können. Das durfte nicht sein! Und doch war es genau das, was sie fühlte. Aber es durfte nicht sein! Im Moment hatte sich Peter im Griff, hatte er ihr gesagt, aber niemand wusste, wie lange dieser Zustand anhalten konnte. Und was dann?

Wenn sie dieses Gefühl zuließ und er doch wieder rückfällig wurde, dann würde sie dieser Zusammenbruch weit schlimmer aus der Bahn werfen, als bei jedem anderen Mann zuvor. Er war ihr Freund, ihr Vertrauter. Der Kumpel, mit dem sie über alles reden konnte. Was wäre, wenn diese lange Freundschaft an drei unbedachten Worten zerbrach? Das durfte niemals geschehen!

Trotzdem fühlte sie wieder dieses warme Gefühl in sich. Das war nicht nur Sex gewesen, das war Liebe! Nur bei jemanden, dem sie vertraute und liebte, konnte sie sich so fallen lassen, so loslösen von allem, dass sie zum Höhepunkt kommen konnte. Bisher war das nur zweimal passiert und jedes Mal war die Beziehung kurz darauf zerbrochen. Diesmal würde sie vorsichtig sein. Hier stand mehr auf dem Spiel! Sie brauchte eine Ablenkung, aber die würde sie im Laden nicht erhalten. Daher ging sie zu ihrer Chefin und log „Mir ist nicht gut." wenig später war sie auf dem Weg zum Fitnessstudio. So richtig auspowern und alles vergessen, das war ihr Ziel.

Freitag war dort immer solch ein Andrang, dass sie um ein Laufband regelrecht kämpfen musste. Zwar hätte sie auch im Park bis zur völligen Erschöpfung laufen können, aber die Aussicht auf Sauna und Pool versüßte das Rennen auf dem Band. Das Tempo, welches sie anschlug, war mörderisch. Puls und Atem jagte und doch hatte sie ständig den Steg und Peter vor Augen.

Sein Blick durchbohrte sie immer noch. Wenn sie nun an ihn dachte, so sah sie ihn zwischen ihren Schenkeln. Das war doch nicht normal!

Drei Worte kreisten immer weiter durch ihren Kopf. Nun waren sie geschnauft, wegen der Anstrengung! Aber sie verschwanden nicht, wie sie es erhofft hatte. Nach ewiger Zeit ging sie schwankend zum Umkleideraum der Frauen. Von dort schlich sie, mit einem der weißen Handtücher um den Oberkörper, zur Tür der Sauna. Es waren schon einige Männer und Frauen darin. „He Franz! Hast du die Schwalbe gesehen?", rief Paul von der rechten Seite „Der Schiri hatte sicherlich seinen Blindenhund nicht dabei gehabt!", rief Franz zurück.

Auf der anderen Seite saßen drei junge Frauen, zeigten sich ihre Hände und redeten offensichtlich über Nagellack. Franz rümpfte die Nase und setzte sich zu den Männern. Das Champions League Spiel der Ortsmannschaft, das sie am Tage zuvor im Fernsehen gesehen hatte, musste lautstark ausgewertet werden. Flüche, Zoten und Beleidigungen flogen hin und her. Sie mochte diese Gespräche mit den Kumpeln.

Dabei war es egal, dass sie die einzige Frau unter Männern war. Nach einer Weile kam Peter in den Saunaraum und setzte sich zu ihnen. Franziska vermied aber jeden Augenkontakt. Trotzdem machte sie lautstark weiter. Die Frauen gingen kopfschüttelnd nach draußen zum Pool und nun war Franz allein unter fünfzehn Männern.

Obwohl sie Peter nicht ansah, dachte sie trotzdem immer wieder an ihn. Aus dem Augenwinkel heraus sah sie auf jede seiner Bewegungen. Plötzlich sagte Paul „Ihr seht euch ja gar nicht an! Ist was? Habt ihr Streit?" „Nö!", entgegnete Franz schnell und auch Peter schüttelte den Kopf „Wir sind und bleiben Freunde!", sagte er und gab Franziska die Hand. Sie nahm sie und gleichzeitig durchflutete die Wärme wieder ihren

Körper. Es war dieselbe Hand, die sie am Abend zuvor zum Orgasmus gestreichelt hatte.

Damit niemand sehen konnte, wie sie rot wurde, erhob sie sich, drehte sich zum Kohlenbecken, ergriff die Kelle und kippte Wasser auf die Steine. Der Dampf stieg auf und trieb ihr den Schweiß auf die Stirn. Im Umdrehen versagten ihr die erschöpften Beine und Peter fing sie schnell auf. Die Kumpel pfiffen, johlten und klatschten.

Langsam ließ sie sich auf den Lattenrost sinken. „Alles klar?", fragte Peter, sichtlich besorgt. „Ja! Ich habe nur zu viel trainiert", entgegnete Franziska. „Ihr solltet draußen schwimmen", riet Paul und wieder vermied es Franz, Peter anzusehen. Mit dem schwimmen hatte es ja auch angefangen. Keine 24 Stunden zuvor am Teich. Immer noch war der verhängnisvolle Satz in ihrem Kopf. Sie biss sich auf die Lippe, um ihn nicht aus Versehen auszusprechen. Aber ihr Herz klopfte so schnell, dass sie es nicht mehr aushielt.

„Mir ist nicht gut! Ich muss hier raus!", presste Franz durch die Zähne und erhob sich schwankend. Doch das Aufstehen war wohl zu schnell gewesen, denn wieder versagten ihre Beine. Ihr wurde schwarz vor Augen.

Als sie die Augen wieder aufschlug, da lag sie vor der Sauna auf dem Boden. Peter kniete mit besorgten Gesichtsausdruck über ihr. „Na da bist du ja wieder!", rief Paul und sagte weiter, „Wärst du ein Mädchen, dann hätte ich gedacht, Peter hätte dich gerade geküsst!" Dann setzte er sich lachend neben sie. „Nur Wiederbelebung!", erklärte Peter entschuldigend, aber sie sah, dass er rot im Gesicht wurde. Die Menschentraube um sie herum löste sich langsam auf, bis nur noch sie beide und ein Trainer dort waren.

„Alles in Ordnung bei ihnen? Oder soll ich einen Arzt rufen?", fragte der ältere Mann, aber Franziska winkte ab. „Alles OK!", setzte sie nur hinzu.

Peter half ihr auf, sie rückte das verrutschte Handtuch zurecht und setzte sich auf eine Bank am Pool. Dann brachte er ihr ein Getränk. Gierig trank sie den isotonischen Drink aus. „Vermutlich habe ich nur zu wenig getrunken", sagte sie leise und vermied es wieder Peter in die Augen zu sehen. „Soll ich dich dann nach Hause bringen?", fragte er, doch sie schüttelte den Kopf. Es war so schon schwer genug, sich im Griff zu behalten.

Peter nickte, legte das Handtuch weg und sprang nackt in den Pool. Vielleicht sollte sie ihm folgen? „Ich liebe dich!", flüsterte sie und sah ihm schmachtend hinterher.

23. Kapitel
Nacht der Liebe

Dumpf hämmerte der Rhythmus durch Aurelias Körper. Sie wurde praktisch von den Vibrationen durchgerüttelt. Bis vor ein paar Stunden war ihr nicht bewusst gewesen, was man so alles fühlen konnte. Wie hielten das die Menschen nur aus? Und Lilith? Der Dämonin schien es zu gefallen, wenn sie ihre Tanzbewegungen richtig deuten konnte. Die Frau warf sich in dem knappen Lederdress hin und her, so als würde sie ebenfalls von den Schlägen der Musik durch den Raum geworfen. Sie mussten nun sicher schon Stunden hier drin sein und noch immer wusste sie nicht, was Lilith eigentlich mit dem Aufenthalt hier bezwecken wollte.

Was hatte das Ganze hier mit der Liebe zu tun? Doch bei dem Lärm wollte sie auch nicht fragen. Sie hätte brüllen müssen und das hätten dann auch die anderen um sie herum gehört. Solange sie für die Menschen sichtbar war, solange konnten diese sie auch hören.

Sollte sie Lilith einfach nach draußen ziehen, um sie danach zu fragen? Oder sollte sie hier irgendetwas lernen? So wie mit Mäxchen? Ohne dass Lilith es bemerkte, zog sich Aurelia an den Rand der Tanzfläche zurück. Nun stellte sie sich an eine Säule und beobachtete. Im zuckenden Licht der Scheinwerfer war auch das Beobachten nicht ganz so einfach. Daher konzentrierte sie sich auf ein Pärchen, dass ganz in der Nähe tanzte. Aufmerksam verfolgte sie die Bewegungen der zwei, die Blicke, die Gesten und die heimlichen Berührungen. Anscheinend kannten sich die zwei schon etwas, aber noch nicht so gut, dass ein vertrauter Umgang zu sehen wäre. Die Griffe des Mannes waren zu konzentriert. Zu abschätzend waren die Blicke der Frau. Fast so, wie sicherlich ihre eigenen.

Hier bahnte sich etwas an, was wohl zu etwas führen konnte, was man Liebe nannte. Die Blicke der beiden Menschen waren zumindest vielsagend. Das hatte sie schon oft beobachtet und bisher hatte sie daran festgemacht, ob es sich lohnen würde, einen Pfeil abzuschießen. Mit einem Auge behielt sie aber auch Lilith im Blick. Die tanzte nun mit einem jungen Mann. Wobei tanzen vermutlich nicht das richtige Wort dafür war. Es sah aus, als ob sich eine Schlange um eine Baum nach oben wickelte.

Dann verließen die beiden Menschen die Tanzfläche und zogen sich zurück. Dabei wurden sie von Aurelia unauffällig verfolgt. Aber in dem Gewimmel würde das sowieso keinem auffallen. Wenig später waren sie zu dritt an der Bar. Der Barmann gab Aurelia ein Getränk aus, was seltsam schmeckte. Bisher hatte immer alles nach nichts geschmeckt. Nun hatte es einen Geschmack! Sicherlich dem erwachenden Gefühl geschuldet.

Vorsichtig nippte der Engel an dem Glas. Die beiden neben ihr waren da nicht ganz so zimperlich. Innerhalb wenige Minuten hatte jeder von ihnen zwei Gläser ausgetrunken, bevor der Mann zahlte und das Pärchen in den hinteren Bereich verschwand. Aurelia wusste nur zu gut, was da wohl jetzt passieren würde, daher ging sie, nach einem dankbaren nicken für den Barmann, langsam hinter den beiden her. Vielleicht sollte sie ja das hier lernen? Einfach zusehen und warten, was für ein Gefühl dabei in ihr aufkam?

In den Jahrhunderten hatte sie hunderte Pärchen dabei beobachtete, doch nun hatte sie ein schlagendes Herz! Was würde damit anders sein? Im hinteren Bereich teilten sich der Menschenstrom in Männer und Frauen. An beiden Seiten des Gangs waren Türen. An einer war eine Frau abgebildet, an der anderen ein Mann. Wohin hatten sich die beiden gewendet? Kurzentschlossen drückte Aurelia die Tür mit dem Mann auf und trat in den halbdunklen Raum hinein.

Obwohl die beiden Menschen sicherlich keine zwei Minuten Vorsprung hatten, konnte Aurelia schon die unverwechselbaren Geräusche aus einer der verschlossenen Kabinen hören. Außerhalb des Bereiches war durch den Lärm nichts davon zu hören. Aurelia betrat die danebenliegende Kabine und verriegelte die Tür. Durch einen Schlitz im Holz konnte sie das Geschehen verfolgen. Ungeniert gaben sich die beiden Menschen ihre Lust hin. Doch es schien auch bei dem Engel etwas auszulösen. Es kribbelte in ihrem Unterleib!

Und es war ihr peinlich, den beiden halbnackten Menschen zuzusehen. Noch ein neues Gefühl! Darum verließ sie diesen Bereich schnell wieder und ging zurück zur Tanzfläche. Lilith hatte sich in der Zwischenzeit einen kleinen Bereich der Tanzfläche frei getanzt. Oder löste sich gerade die Masse der Menschen in Pärchen auf? Wo vorher kaum zu erkennen gewesen war, wer mit wem tanzte, da waren nun die Grenzen klar gezogen. Irgendwie hatte sie den Moment verpasst, in welchem dies gerade passiert war.

Dann hatte sie plötzlich Lilith Stimme in ihrem Kopf. „Bist du bereit?", fragte die Dämonin und sah Aurelia über die Entfernung von mehr als fünf Metern an. Was sollte sie antworten und wie? Die Geräusche würden ihre Stimme sowieso verschlucken und so nickte sie einfach nur und hoffte, dass Lilith ihr auch noch erklären würde, wofür sie bereit sein sollte. „Dann komm!", hörte sie wieder die Stimme in sich und die Freundin ging, gefolgt von dem Mann, von der Tanzfläche ab. Erneut schob sich Aurelia durch das Menschengewimmel, bis sie Lilith wiedersehen konnte. Die Dämonin stand direkt neben der Eingangstür und winkte sie zu sich heran.

Abschätzend sah Aurelia den Begleiter der Freundin an. Er war recht hübsch und schien auch kräftig zu sein. Kurze, braune Haare, die mit Gel zum Glänzen gebracht worden waren, sah sie. Er hatte blaue, durchdringende Augen. „Aurelia, das ist Frank. Frank, das ist Aurelia", sagte Lilith und damit war auch schon alles gesagt. Sie nickten sich wortlos zu und schon waren sie wieder draußen auf der Straße.

Die Ruhe der nächtlichen Stadt war eine Wohltat nach dem Lärm in dem Club. Zu dritt liefen sie in eine Seitengasse, bis sie vor einem kleinen Hotel standen. Wieder sah Lilith sie an und fragte, nun aber laut, „Bereit?" Frank antwortete mit „Ja" und Aurelia zog es vor, wieder nur mit dem Kopf zu nicken. Nun hatte sie begriffen, wofür die Dämonin den Zeitpunkt für gekommen ansah. Kurz sah Aurelia nach oben, an dem Hotel hinauf. Es war ein dreistöckiges Gebäude mit einer weißen, schmucklosen Fassade. Das Wort „HOTEL" blinkte in hellgrüner Leuchtschrift über dem Eingang.

Noch hatte sie Zeit, um zu verschwinden, aber wollte sie das? Schon viel zu weit war sie bis hierher gegangen. Tat sie das Richtige? Aurelia dachte an die beiden Menschen in dem Klub, an deren ekstatischen Bewegungen. Die Dämonin ergriff ihre Hand und zog Aurelia in einen kleinen Vorraum, wo ein älterer Mann an einem Tresen stand und die drei Ankömmlinge über den Rand seiner Brille musterte.

Offensichtlich war es aber hier völlig normal, dass mitten in der Nacht drei angetrunkene Gäste erschienen und ein Zimmer für ein paar Stunden verlangten. Daher gab er ihnen schnell den

Schlüssel und sagte „Zimmer dreizehn. Wie immer." Lilith nickte ihm zu, zog die Freundin zu einer Treppe und schon wenig später waren sie in einem kleinen Hotelzimmer, was sehr schick eingerichtet war. Schlicht, aber schön. Den größten Teil des Raumes nahm das große Bett ein. Auch ein kleines Bad mit einer Dusche war durch die offen stehende Tür zu sehen und alles war sauber hier drin.

Während sich Aurelia noch in dem Raum umsah, küssten sich Frank und Lilith schon leidenschaftlich vor dem Bett. Irgendwie kam sie sich nun verloren vor. Was sollte sie tun? Was sagen? Was tun? Nur zusehen? War es das, was Lilith wollte? Aber zugesehen hatte sie schon all die Jahrhunderte und auch in dem Klub! Dazu hätte sie ja kein Herz gebraucht! Dann löste die Dämonin sich aus dem Kuss und kam auf sie zu. Direkt vor Aurelia blieb sie stehen und sah ihr tief in die Augen. Eine stumme Zwiesprache setzte ein. Prüfte die Dämonin jetzt, ob sie wirklich bereit dafür war? Schweigend nickten sich die beiden Frauen zu.

Lilith drehte sich zu Frank um und sagte „Ich lasse euch beiden dann mal alleine" „Schade!", antwortete der Mann und setzte hinzu, „Ich hatte auf einen flotten Dreier gehofft." Lilith ließ ihre Zähne blitzen und lächelte ihn an. „Glaube mir, mein Kleiner, eine Nacht mit mir würdest du nur schwer überleben", setzte sie lächelnd hinzu. Danach schob sie Aurelia näher zu ihm hin und sagte „Sei sanft zu meiner Tochter. Sie hat noch keine Erfahrung. Und mache sie schön feucht!" Dann ging sie und Aurelia sah der Freundin hinterher.

Sie war doch sauber. Warum sollte der Mann sie nun waschen? Dabei dachte sie an Daria und den anderen Mann, die ja auch in der Dusche Sex gehabt hatten. Meinte Lilith etwas das? Sie sah zur offenen Badtür und der Mann trat auf sie zu. Er nahm sie in den Arm und hauchte ihr einen Kuss auf die Lippen. Für einen Moment stutzte sie, bevor sie das ungewohnte Gefühl zuließ.

Noch während der Mann sie küsste, spürte sie bereits, wie seine Finger den Saum ihres Kleides suchten. Zu oft hatte sie zugesehen, nun wollte sie alles fühlen. Erwartungsvoll drückte sie sich ihm entgegen. Der Mann nahm sie auf seine Arme und trug sie zu dem Bett hinüber. Eine Nacht der Liebe begann.

24. Kapitel

Ungeliebter Sohn!

Es hatte ihm geschmerzt, sie so verletzlich vor sich liegen zu sehen. Eine schutzlose, zerbrechliche Frau. Kurz zuvor hatte sie noch lautstark über den Schiedsrichter geschimpft und dann war sie einfach so vor ihm zusammen gebrochen. Voller Angst hatte er sie, zusammen mit seinem Freund Paul, wiederbelebt. Nun schwamm er im Pool und sah zu ihr hinüber, wie sie dort auf der Bank saß. Sie schien keinen Blick von ihm zu lassen. Erst die Bemerkung von Paul hatte ihn darüber nachdenken lassen, dass sie sich noch nie richtig geküsst hatten. Eine freundschaftlicher Kuss auf die Wange oder auch mal ein flüchtiger auf die Lippen. Aber so richtig intensiv und mit Gefühl? Solange wie bei der Beatmung gerade eben noch nie!

Schwankend erhob sie sich und er schwamm zur Leiter zurück. „Soll ich dir nicht doch noch helfen?", fragte er sie von unten, doch sie entgegnete schwach „Nein. Danke." Langsam ging sie zum Umkleideraum und er sah ihr noch hinterher. Schließlich stieg er aus dem Becken und setzte sich auf die Bank, auf der sie gerade gesessen hatte. Freitagabend und er war nicht auf dem Weg zur Disko. Es hatte sich wirklich etwas in ihm geändert, auch wenn es vielleicht keiner mitbekam.

Peter war anders geworden. Sein Blick ging über die drei nackten, jungen Frauen im Pool. Die waren neu hier und vor einer Woche hätte sicherlich das Ziehen im Unterleib schon eingesetzt, doch im Moment war nichts. Stumm blickte er auf die unbedeckten Rundungen im Wasser. Breitbeinig und nackt saß er auf der Bank und musste nicht das Handtuch bemühen. Er sorgte sich um seine Freundin und vielleicht hinderte das seinen kleinen Freund daran, einen langen Hals zu machen, um die drei Grazien näher kennenzulernen. Unbekümmert hing er an ihm herab.

Wieder drängte sich die Frage auf, warum er in all den Jahren so viele Frauen flachgelegt hatte. Nur um dem ungeliebten Vater nachzueifern? Vielleicht auch, um von dem strengen Mann ein bisschen Liebe zu erhalten? Aber die konnte dieser ja nicht mal sich selbst geben, wie hätte Peter da etwas abbekommen können? Möglicherweise war es ja auch seine Aufgabe, es besser als sein Vater zu machen? Dem Anschein nach war ja Franziska die Partnerin, mit der dies klappen konnte. Doch bei ihr durfte er nichts riskieren. Oder war er bei ihr schon zu weit gegangen? Nach dem Sofa, der wilden Nacht und dem Steg im Mondlicht? Dreimal! Das war schon kein Zufall mehr und auch kein „nur mal so", das war etwas anderes! Etwas viel Intensiveres!

Es polterte aus der Richtung der Umkleideräume und er lief los. Ungeachtet dessen, dass er nackt war, stürzte er in den Umkleideraum der Frauen hinein, wo sich zwei ältere Frauen gerade umzogen, die ihm nun bittere Blicke zuwarfen. Franz saß auf der Bank, schon angezogen, und lächelte ihn an. Schnell entschuldigte er sich und ging.

Neben der Tür stand der Trainer und räumte einen umgefallenen Eimer zur Seite. Dann kam Franz aus dem Raum heraus und sagte „Du lässt mir ja doch keine Ruhe! Also schön. Dann bring mich heim, aber zieh dir vorher etwas an!" Dabei lächelte sie schwach. Peter lief los, zog sich an und war binnen zweier Minuten zurück bei ihr.

Die Wohnung von Franz war ja nicht so weit entfernt. So gingen sie langsam durch den Sommerabend. Aus den Clubs war Tanzmusik zu hören, doch nichts zog ihn dort hin. Er hatte beide Hände in den Hosentaschen. Vermutlich aus Schutz, um nicht mit ihr Händchenhaltend auf dem Weg gesehen zu werden. Dann standen sie vor dem Haus. „Kommst du noch auf ein Bier mit rauf?", fragte sie leise, sah ihn aber nicht richtig an. „Ein Bier kann ja nicht schaden", entgegnete er und hielt ihr die Haustür auf, während sie den Wohnungsschlüssel aus der Tasche kramte.

Dann saßen sie ein paar Minuten später auf dem Sofa. Er begann über den Vater zu reden, während er sein Bier trank. Eine Stunde später bemerkte er, dass sie neben ihm eingeschlafen war. Vorsichtig hob er sie auf seine Arme, trug die Frau in ihr Bett und deckte sie zu. Er sah ihr in das schlafende Gesicht. Da steckte ein tiefes Gefühl in ihm. Er hauchte einen Kuss auf die Stirn und strich ihr vorsichtig eine Locke aus dem Gesicht. Schweren Herzens riss er sich von diesem Bild los. Leise schlich er aus der Wohnung und lief danach ziellos durch die Stadt. Seine Gedanken kreisten um Franziska.

Ohne, dass er es gewollt hatte, war er schließlich wieder an dem Friedhof angekommen. Warum nun schon zum zweiten Mal in so kurzer Zeit? All die Jahre zuvor hatte er diesen Platz sorgsam gemieden. Er betrat den Friedhof und setzte sich auf eine Bank, die direkt vor dem Grab des Vaters stand. Langsam sank die Dunkelheit herab und verwandelte die Bäume in dunkle Schatten. Peter vertiefte sich in eine lautlose Zwiesprache mit dem Vater. Warum hatte er ihm dieses Schicksal übergeben? War es überhaupt Schicksal gewesen?

Die lärmende Stadt verstummte langsam, obwohl es ja Freitagabend war. Es war schon später Abend, aber er konnte sich nicht von dieser Bank erheben. Er musste die Dämonen der Vergangenheit besiegen.

Stundenlang hatte er auf diesem Platz gesessen, bevor er endlich die Stimme seines Vaters mit der Entschuldigung in sich hörte. Jetzt erst konnte er gehen. Das Tor quietschte in der Nacht. Mit knirschenden Schritten ging er durch den dunklen Park und war erst weit nach Mitternacht wieder in seiner Wohnung. Der Vater hatte niemals Liebe erhalten und konnte sie daher auch nicht geben. Er selbst konnte das! Er liebte Franziska, würde dies aber lieber geheim halten. Zumindest vorerst.

Peter ging unter die Dusche, aber seine Gedanken gingen auf die Reise zu Franziska. Während das warme Wasser über seinen Körper lief, begann er sie mit seiner Mutter zu vergleichen. Und sich mit seinem Vater. Würde sich die Geschichte wiederholen? Was wäre, wenn dieser alte Drang in ihm wieder erwachen würde?

Dann würde er Franz genauso zerstören, wie sein Vater die Mutter zerstört hatte. Und das wollte er der Freundin nicht antun.

Dann lieber nur eine Freundschaft zu ihr, mit der Gewissheit, dass es vielleicht noch etwas werden konnte. Aber zuerst musste er sicher sein, dass er den inneren Schweinehund endgültig besiegt hatte.

Der Anblick der drei nackten Frauen und seine Reaktion oder besser seine fehlende Reaktion auf sie, waren schon mal ein guter Anfang. Er trocknete sich ab, ging in sein Bett und starrte zur Decke.

Der Schlaf kam nicht, seine Gedanken waren noch bei Franz. Er konnte wieder seine Lippen auf den ihren spüren, seine Finger auf ihrem Körper. Bei dem Gedanken an sie zog sich seine Brust zusammen. Sein Herz begann zu schmerzen. Es war eine Art von unerfülltem Sehnen nach der Frau.

Peter schloss seine Augen, holte sich ihr Bild vor Augen und flüsterte „Franz, ich liebe dich!" Dann kam der Schlaf und im Traum lag er neben ihr auf dem Steg im Mondlicht. Freunde oder Liebende? Kumpel oder Partner? Wer wusste es?

25. Kapitel

Ein böses Mädchen

Mit den Schuhen in der Hand tanzte Aurelia die Straße entlang in das Licht der Morgensonne hinein. Mehr als zweitausend Jahre hatte sie den Menschen dabei zugesehen, nun hatte sie es selbst erlebt. Im Moment wusste sie nicht, wie sie wieder zu Daria zurückkommen sollte, doch das war ihr auch ganz egal. Noch schwebte sie im Glück der lustvollen Stunden. Lilith hatte offensichtlich, mit der Erfahrung der vergangenen tausenden von Jahren, genau den richtigen Mann für Aurelia gefunden.

Stundenlang hatten sie sich in allen nur denkbaren Positionen geliebt und nun hatte sie auch alles verstanden. Zumindest glaubte sie das. Noch immer konnte sie die Finger des Mannes auf ihrer Haut spüren. Und noch immer hatte sie das schöne Gefühl in sich, dass sie überflutete hatte.

Seine Lippen waren immer noch auf ihrer Haut und dieses Gefühl von Gänsehaut war etwas, was sie noch nie zuvor bemerkt hatte. Erst im Morgengrauen hatten sie sich getrennt und der

Mann war ziemlich kleinlaut aufgebrochen. Offensichtlich hatte sie alles von ihm abverlangt, was er in der Lage gewesen war, ihr zu geben.

Wie hatte sie nur solange darauf verzichten können? Natürlich hatte es erst der Dämonin bedurft, um ihr Herz zum Schlagen zu bringen. Zuvor wäre es vermutlich vergeblich Liebesmüh für jeden Mann gewesen. Doch jetzt schwebte Aurelia fast den Weg entlang. Sie fühlte sich leicht wie eine Feder und plötzlich stand Lilith lächelnd vor ihr „Ich sehe, es hat dir gefallen", sagte sie und Aurelia fiel der Freundin um den Hals. „Es war großartig, überwältigend und unbeschreiblich!", platzte es aus dem Engel heraus. „So habe ich mich auch damals im Paradies gefühlt", gab Lilith zurück und es schien ein trauriger Zug wieder über ihr Gesicht zu wehen.

Dann nahm der Dämon den Engel bei der Hand und sagte „Erzähle mir schnell alle schmutzigen Details." „Es war sehr schön und jetzt weiß ich auch, was du mit dem Feucht machen gemeint hast", antwortete der Engel verschmitzt. „Ja! Es selbst machen ist dann doch etwas anderes, als dabei nur zuzusehen!", setzte die Dämonin lachend dagegen. „Erst jetzt kann ich fühlen, was Kleopatra damals gefühlt hat, als sie sich nackt vor Cäsar auf dem Boden gerollt hat." „Das ist die Wollust mein Schatz!", sagte die Dämonin lachend und hob spielerisch drohend den Zeigefinger, wegen der erwähnten Sünde.

„Glaubst du, er hat es gesehen?", fragte Aurelia zweifelnd und zeigte mit dem Finger vorsichtig nach oben. „Er sieht alles!", flüsterte Lilith in ihr Ohr. Erschrocken sah sie die Dämonin an. Doch die nickte und setzte leise hinzu „Er hat mich geschaffen nach seinem Ebenbild. Und dich auch. Nichts Menschliches ist ihm fremd!"

Nun wurde Aurelia nachdenklicher und zog die Freundin zu einer Parkbank, wo sie sich gemeinsam hinsetzten. „Deine Worte gestern Abend, das er es mit dir nicht überleben würde, hast du das ernst gemeint?", fragte sie und sah Lilith zweifelnd an. Die Dämonin schien nachdenklich zu werden. Die Fröhlichkeit war aus ihrem Gesicht gewichen. „Weißt du, mein Kind, ich war lange Zeit ein böses Mädchen", begann sie seufzend zu erzählen. „Ich habe dir doch erzählt, dass sie mir mein Kind geraubt haben", erzählte sie weiter und Aurelia bestätigte das nickend, um sie nicht zu unterbrechen.

„Die Wut und der Zorn haben danach die Liebe in mir verdrängt. Ich war böse auf alle und habe das an allen ausgelassen. Ich habe Menschen getötet, Kinder geraubt und all das getan, was man einem Dämon so vorwerfen könnte", erzählte sie weiter und sah dabei zum Boden vor ihren Füßen, so als würde sie sich für ihre Taten schämen.

Nach ein paar Augenblicken hob sie ihren Kopf und sah Aurelia an. Dabei lief eine Träne über die Wange der Frau. „Es hat ein paar tausend Jahre gedauert, bis ich den Schmerz überwunden hatte", setzte sie leise hinzu. Der Engel umarmte Lilith und dabei hatte auch Aurelia Tränen in den Augen. Nun konnte sie den Schmerz der Freundin deutlich spüren.

„Liebe und Leid liegen so dicht beieinander", flüsterte Lilith und malte mit einem Stöckchen ein Herz in den Sand zu ihren Füßen. „Da habe ich wohl all die Jahre auch Leid unter die Menschen gebracht?", fragte der Engel, doch Lilith schüttelte den Kopf. „Es liegt nur an den Menschen, was sie mit diesem Geschenk machen. Denke an Cäsar und Kleopatra." „Na das ist nun aber kein gutes Beispiel. Ihre Liebe hat die beiden umgebracht", seufzte Aurelia und nahm der

Freundin das Stöckchen weg. Damit zeichnete sie den Pfeil in das Herz, den sie damals auf die beiden abgeschossen hatte.

„Vielleicht war ich auch ein böses Mädchen", seufzte Aurelia erneut, „Wie die Mutter, so die Tochter!", erklärte Lilith und erst beim genauen Hinsehen erkannte Aurelia den schelmischen Gesichtszug der Dämonin. „Hinfort ihr düsteren Gedanken!", begann Lilith und nahm ihr das Stöckchen aus der Hand. „Du wolltest mir von deiner Nacht erzählen!", forderte die Dämonin.

Wieder kam das gute Gefühl zurück. Aurelia sah in die Sonne und spürte die Wärme der Strahlen auf ihrem Gesicht, so wie die Hände des Mannes, der ihre Wange und den Hals gestreichelt hatte. Sie wollte es beschreiben und erzählen, aber wie beschrieb man dieses intensive Gefühl? Sie suchte nach den Worten und sah die Dämonin an. Diese lächelte sie an und sagte „Du siehst, wie schwierig es ist, Gefühle zu beschreiben. Man muss sie erlebt haben!"

„Aber was hat das Ganze denn nun mit Liebe zu tun?", fragte Aurelia. „Man nennt es körperliche Liebe. Aber das hat wirklich nichts mit der

Liebe an sich zu tun", entgegnete Lilith nachdenklich,

„Ich bin jetzt, nach menschlicher Rechnung, 5780 Jahre alt und habe es auch noch nicht verstanden. Die Menschen nennen es so, aber es hat mehr mit Lust, Leidenschaft und animalischen Trieb zu tun. In meinem langen Leben habe ich die Liebe nur ein einziges Mal erlebt. Die Lust durchflutet mich täglich" „Nur ein Mal in über fünftausend Jahren?", fragte Aurelia überrascht nach. Die Dämonin nickte traurig. „Sie ist immer noch da drin", erklärte sie und tippte sich an die Brust. Wieder liefen Tränen über ihr Gesicht bei der Erinnerung.

Mit dem Handrücken wischte sie diese fort und sah zu dem aufgemalten Herz. „Es ist ein tragisches Schicksal, wenn man unsterblich ist und einen sterblichen liebt. Es hat mir damals fast das Herz zerrissen, als ich ihn habe gehen lassen müssen. Vielleicht bin ich auch deswegen zu einem bösen Mädchen geworden, um das Gefühl nicht zu sehr an mich heran zu lassen" „Aber was ist denn nun wirklich die Liebe?", fragte Aurelia, um die Freundin von ihrem Schmerz abzulenken.

„Glaube mir, dass du das nicht wirklich wissen willst. Es würde dir nur dein Herz rauben, so wie es das meine fast zerbrochen hat", erklärte die Dämonin und schnäuzte in ein Taschentuch, dass ihr Aurelia hingehalten hatte.

„Ich halte es da eher mit der Lust! Und du?", fragte sie den Engel. „Ich kenne bisher noch nichts anderes", begann Aurelia und stutzte dann, „Doch! Ich kenne nun die Liebe einer Tochter zu ihrer Mutter!", schloss sie und umarmte die überraschte Dämonin.

26. Kapitel

Freundinnen?

Es war Sonnabend früh und Daria kam gerade mit Mäxchen aus dem Park zurück, als sie an einem Tisch eines kleinen Straßencafés Lilith und Aurelia sitzen sah. Der Kleidung nach kamen die beiden gerade von einer Party. Noch bevor sie sich vorbeischleichen konnte, hatte Lilith sie schon gesehen und zu sich gewunken. Daria zog sich einen Stuhl zurecht, band die Hundeleine an die Lehne und setzte sich. „Möchtest du mit uns Frühstücken?", fragte Lilith und Daria nickte verlegen. Erst das Trinkgeld und nun auch noch beim Essen durch Schnorren? Das war so gar nicht ihre Art, aber Lilith hatte schon ein zusätzliches Gedeck geordert und nun wäre es unhöflich gewesen, einfach so zu gehen.

Kaffee, Milch, Brötchen, Croissants und Marmelade kamen. Auch eine Schüssel mit Wasser für den Hund wurde gebracht. Lilith langte kräftig zu. Sie hatte ein wirklich atemberaubendes Outfit an. Aurelia aß sehr zögerlich, so als wäre es ihr erstes Frühstück. Sie kostete erst alles und man sah ihr den Genuss an. Daria schnitt eines der Brötchen auf und gab einen Klecks

Erdbeermarmelade darauf. Die war wirklich köstlich. Auch der Kaffee war gut. In all der Zeit hatte sie noch nie hier gesessen und dabei war das Café doch keine zweihundert Schritte von ihrer Wohnungstür entfernt. Zwischen zwei Bissen vom Croissant fragte Lilith „Und? Hast du es dir überlegt?" „Was?", fragte Daria nach.

„Na das modeln!", erklärte Lilith und nahm einen großen Schluck Kaffee. „Aber ich bin doch zu klein!", entgegnete Daria kleinlaut. „Du sollst ja auch nicht auf den Laufsteg! Meine Tochter Petra macht einen Katalog für ihre neue Kollektion. Jemand mit deiner Ausstrahlung muss da einfach mitmachen. Du passt da perfekt rein. Ich habe da ein Auge dafür" „Deine Tochter? Aurelias Schwester?", fragte Daria nach und ein „Halbschwester!" kam von Lilith zurück, die sich gerade das dritte Croissant in den Kaffee tunkte.

„Meinst du wirklich?", fragte Daria vorsichtig. „Hätte ich es dir sonst angeboten?", fragte Lilith zurück. Aurelia sagte zu all dem nicht ein Wort. Sicherlich wäre sie für den Job viel besser geeignet. „Ich habe sie schon informiert. Wenn du möchtest, dann können wir gleich zusammen hingehen", gab Lilith zurück und füllte die Tasse erneut.

„Jetzt gleich? Und der Laden? Ich muss doch arbeiten?", sagte Daria überrascht, „Ich rede mit Carola, deiner Chefin, die ist mir noch einen Gefallen schuldig", erklärte Lilith und zog ihr Telefon aus der winzigen Handtasche. „Na? Was ist?", fragte die Frau, den Finger schon auf der Wahltaste. Daria nickte und der Ruf flog in die Welt. „Ich bringe Mäxchen schnell in meine Wohnung", sagte Daria und eilte mit dem Hund zu ihrer Wohnungstür. Sie legte ihn in sein Körbchen, strich ihm über den Kopf und sagte „Wünsche mir Glück." danach lief sie wieder zurück. Aurelia war schon gegangen und Lilith lehnte im Stuhl, mit der Morgensonne im Gesicht. Sie hatte die Augen geschlossen und genoss offensichtlich die wohltuende Wärme. „Und? Bereit?", fragte sie, ohne die Augen zu öffnen.

„Ja! Aber ich dachte, Petra ist im Urlaub?", fragte Daria, „War nur ein Kurzurlaub!", erklärte Lilith im Aufstehen. Sie trat an Daria heran und strich ihr mit den Fingern über die Wange „Ich hätte deine Mutter sein sollen", seufzte sie und setzte fort, „Du siehst Eva so ähnlich." „Sie kennen meine Mutter?", fragte Daria überrascht. „Ja! Es scheint schon tausende Jahre her zu sein. Sie wird sich bestimmt nicht mehr an mich erinnern. Nenne mich Lilith und wir bleiben beim Du. Abgemacht?" „Abgemacht!", entgegnete Daria und schon gingen sie los. Wenig später brachte sie ein Taxi durch die Stadt. Am anderen Ende war ein kleiner Laden, über dessen Eingang ein großes Schild hing „Devils-Art" stand dort darauf. Über dem D befanden sich zwei kleine Hörner und unter dem A waren zwei Reißzähne zu sehen. Bisher hatte sie das Logo noch nie so genau angesehen.

Lilith klopfte und eine junge, blonde Frau öffnete. „Ist Petra da?", fragte Lilith. Die junge Frau nickte und gab wortlos den Weg frei. Daria folgte der Freundin, denn das war Lilith nun schon für sie geworden. Von innen sah der Laden gewaltig groß aus. Dutzende Frauen waren mit irgendwas beschäftigt. Offensichtlich wurde hier gerade eine Modenschau vorbereitet. Inmitten der wimmelnden Masse stand eine junge schwarzhaarige Frau, deren Ähnlichkeit zu Lilith verblüffend war.

Diese Frau schien der ruhende Pol des Unternehmens zu sein. Mit Handbewegungen und kurzen Zurufen dirigierte sie die Frauen. Als sie Lilith erkannte, kam sie zu ihnen herüber. Sie umarmte Lilith und fragte „Ist sie das?", was Lilith bestätigte. Dann begann Petra sie zu umkreisen.

„Gut gewählt! Genau die richtige!", sagte Petra und klatschte in die Hände.

Augenblicklich war Daria von fünf Frauen umringt, die ihr Sachen aus und anzogen, die Haare frisierten, sie schminkten, und das alles gleichzeitig. Niemand hatte sie etwas gefragt, aber ihr Erscheinen war sicherlich schon Zustimmung genug gewesen. Lilith saß, zurückgelehnt und mit übereinander geschlagenen Beinen, in einem Sessel und sah dem Ganzen aus der Ferne zu.

Noch bevor Daria wusste, was passierte, stand sie schon vor der Kamera in einer Winterdekoration. Anscheinend machte Petra gerade eine Winterkollektion. Fotos, Positionswechsel, Foto, Sachenwechsel, Foto. So ging das sicher zwei oder drei Stunden lang, dann klatschte Petra wieder in die Hände und rief „Dankeschön! Ihr wart großartig!" dann kam sie auf Daria zu und sagte „Wann immer du magst, so kannst du bei mir wieder als Model arbeiten!" Danach umarmte sie Daria, übergabt ihr einen kleinen, weißen Umschlag und eilte davon.

Die Menschenmenge zerstreute sich in alle möglichen Räume und Minuten später stand Daria alleine dort in der Dekoration. Sie öffnete den Umschlag und fand sechs Scheine darin. Alles 500 Euro Noten, druckfrisch. „Dreitausend Piepen!", sagte sie überrascht. „So sind die Preise, mein Kind!", sagte Lilith und stand von ihrem Platz auf. „Aber das kann ich nicht annehmen!", entgegnete Daria und sah sich um, wem sie den Umschlag zurückgeben konnte.

„Das musst du annehmen!", legte Lilith fest und setzte hinzu, „Kauf dir was Schönes davon!" Dann zog Lilith Daria aus der Schneelandschaft, hielt ihr ihre Sachen wieder hin und Daria suchte einen Platz zum Umziehen. Erst jetzt fiel ihr ein, dass die Frauen sie in der Dekoration vor der Kamera umgezogen hatten. Ihr schoss das Blut in den Kopf. „Was ist denn los?", fragte Lilith und Daria erzählte von ihrem ersten Freund, der sie mit den Fotos gemobbt hatte. Lilith zeigte auf eine Umkleidekabine und fragte „Soll ihm etwas Schlimmes passieren?" „Nein! Ich bin da, glaube ich, drüber weg!", entgegnete Daria.

„Warum dann die Kabine? Dein Körper ist wunderschön und du kannst dich wirklich sehen lassen!", erklärte Lilith und hielt weiter Wäsche und Unterwäsche in der Hand. Was sollte sie tun? Daria entschloss sich, sich einfach so umzuziehen.

Die Freundin stand ja vor ihr, hielt die Sachen und nickte anerkennend. Nach ein paar Minuten brachen sie wieder auf. Diesmal mit einem Firmenwagen, der sie vor ihrem Laden absetzte. Die Chefin gab Lilith die Hand. Beide Frauen nickten sich zu und Daria stürzte sich in ihre Arbeit. Der kostbare Umschlag war wohlverwahrt und sie überlegte sich, was sie sich davon kaufen sollte.

27. Kapitel

Engel der Nacht!

Wieder war es Freitag geworden. In der vergangenen Woche war Aurelia jede Nacht unterwegs gewesen. Von Sonnenuntergang bis Sonnenaufgang trieb sie sich in Clubs, Bars und Diskotheken herum. Sie zog dabei auch als Abschluss mit Lilith und jeweils einem Mann in das kleine Hotel. Irgendwie war sie auf dem Weg, ein Wesen der Nacht zu werden. Es gefiel ihr sehr gut und gerade das erschreckte sie nun.

War sie nicht hier, um eine Aufgabe zu erfüllen? Der Bogen und die Pfeile lagen unbeachtet in der Wohnung von Daria. Jeden Morgen schlich sich Aurelia in diese Wohnung, wenn Daria sie gerade verließ. Da die Frau ja sowieso nicht da war, ließ sich der Engel dann einfach in das weiche Bett fallen, wo er den Tag verschlief, doch damit sollte nun Schluss sein! Hier ging es ja nicht um ihr eigenes Vergnügen, auch wenn es sehr schön war, was sie bisher jede Nacht erlebt hatte.

Nun hatte sie sich also entschlossen, ihren Auftrag wieder zu übernehmen und daher schlich sie völlig übermüdet hinter Daria her. Zum Glück konnte sie niemand sehen. Im Bad hatte sie kurz einen Blick in den Spiegel geworfen und war fast erschrocken. Die nächtlichen Ausschweifungen hatten tiefe Augenringe und zerzauste Haare als Spuren hinterlassen, denn auch die schönsten Dinge konnten anstrengend sein.

Aber wie hielt das Daria nur aus, so völlig ohne jede Aufregung zu leben? Selbst das Fotoshooting war von ihr ganz normal absolviert worden, wie Lilith danach bewundernd erzählt hatte. Die Kleine war so brav und stellte damit eigentlich die Frage, wer von beiden der Engel war. Sie schlief jede Nacht in ihrem Bett, war pünktlich, ordentlich und brav. Der Engel hingegen ließ die Puppen jede Nacht tanzen und vergnügte sich mit den Männern, dass es nur so krachte.

Es schien so, als wolle sie die versäumten zweitausend Jahre irgendwie in einer Woche nachholen. Ihr feuriges Herz war erwacht und forderte seinen Tribut von Aurelia. Wie sollte das nur weiter gehen? Sie wollte erleben, was die Liebe war. Zumindest hatte sie nun die körperliche Liebe kennengelernt. Aber Lilith hatte ihr auch gesagt, dass ihr Herz nun nicht mehr gestoppt werden konnte. Sie würde sterben, wenn sie es dennoch versuchen würde! War damit ihre Rückkehr in den Himmel auch schon ausgeschlossen? War sie nun sozusagen ein gefallener Engel? Nicht mehr weit entfernt von den Dämonen, wie Lilith und Petra es waren. Aurelia dachte an ihre Schwester, zu der sie keinen Kontakt hatte. Daria schien sie schon besser zu kennen.

Schritt für Schritt schlurfte Aurelia hinter Daria her. Warum eigentlich ihr? Sollte sie nicht eigentlich diesen Mann treffen? In den Clubs war er jedenfalls nicht gewesen, sie hatte ihn, trotz Suche, nicht gefunden. Dabei kannte sie seine Akte doch auswendig und hätte bei ihren Eskapaden zwangsläufig auf ihn treffen müssen. Im Laden angekommen setzte sie sich auf das Sofa in der Mitte und hatte damit Daria den Rest des Tages im Blick.

So beobachtete sie jede Bewegung der jungen Frau. Wie sie den Kopf hielt, das Haar mit einer flüchtigen Bewegung aus der Stirn strich. Wie sie zu den Kabinen lief. Sie war hübsch und grazil und Petra hatte mit ihr das perfekte Model gefunden. Und sie war auf dem Boden geblieben. Jede andere wäre nach dem Erfolg sicher abgehoben und würde schon unter der Decke schweben. Daria nicht.

Sie machte sich für die Kundinnen krumm und dabei hing ihr Poster überlebensgroß an der Wand des Ladens. Wenn eine der Frauen sie daraufhin ansprach, dann reagierte sie schüchtern und verlegen. Sie war ein liebenswertes Geschöpf und eigentlich für solch einen Strolch wie Peter viel zu schade. Aber der Auftrag musste ausgeführt werden. Was würde dann werden? Noch nie hatte Aurelia sich Gedanken um die Zukunft gemacht.

Bisher war es auch nicht nötig gewesen. Doch jetzt schon! Ihr Magen begann zu knurren und sie bediente sich von dem Teller mit den Keksen. Auch Kaffee gab es hier und sicher würde sich Daria wundern, warum ihre Tasse heute so schnell leer wurde. Aurelia sog den Duft des heißen Getränkes und den Geruch der jungen Frau gleichzeitig ein.

Plötzlich saß Lilith neben ihr „Ach, hier steckst du!", sagte sie und griff sich die braune Tasse mit dem kleinen Marienkäfer, aus der sie nun zu dritt tranken. „Ich habe doch noch meinen

Auftrag!", erklärte Aurelia und zeigte auf Daria. „Dann kommst du heute Abend also nicht mit?", fragte die Dämonin. Der Engel schüttelte den Kopf und Lilith sagte „Fein! Dann frage ich Petra!", dann verschwand sie einfach von dem Sofa und Aurelia konzentrierte sich wieder auf ihre Beobachtungen.

Dann kam Daria auf sie zu, sagte „Ich habe sie gar nicht hereinkommen sehen! Das ist aber meine Tasse!" und Aurelia hörte Lilith lachen. Die Dämonin hatte sie sichtbar werden lassen und sie hatte es nicht gemerkt. Schnell stellte Aurelia die Tasse zurück und sagte „Entschuldigung!" „Ich bringe ihnen eine andere!", sagte Daria und lief schon los. Nun musste Aurelia daran denken, wie ihre Haare wohl gerade aussahen. Sie sprang auf, eilte zu einem Spiegel und versuchte das Chaos auf ihrem Kopf zu ordnen.

Daria kam mit dem Kaffee zurück, zog lächelnd einen Kamm aus der Hosentasche und hielt diesen wortlos hin. „Danke!", sagte der Engel und nun gelang die Haarbändigung. „Wollen sie etwas kaufen?", fragte Daria und da Lilith Aurelia etwas Geld gegeben hatte, nickte der Engel. „Ich brauche Unterwäsche!", sagte sie und Daria zog sie zu den Regalen.

Sie zeigte ihr ein paar Farben, dann schickte Daria sie zur Kabine und kam wenig später mit zwei Armen voller BHs zu ihr. „Zieh mal dein Kleid aus und probiere mal diesen hier", sagte die junge Frau, dann kam sie mit in die Umkleidekabine herein. Schnell hatte sich Aurelia ihrer Sachen entledigt und Daria half ihr beim Anziehen. Die junge Verkäuferin schüttelte den Kopf und hielt den nächsten BH hin.

So machte sie es bis zum fünften Model, dann sagte sie „Perfekt!" auch Aurelia sah in den Spiegel. Der war wirklich schön. „Ich lasse ihn gleich an!", sagte Aurelia. „Da gehört noch ein Höschen dazu!", erklärte Daria und hielt ihr das winzige Stoffstück hin. Dann hatte Aurelia die Unterwäsche an. Ein letzter prüfender Griff von Daria und dabei streifte die junge Frau Aurelias Brust. Ein Kribbeln durchzuckte den Engel und sie zuckte zurück. Offensichtlich bemerkte dies auch Daria. Entschuldigend nickte sie ihr zu und danach ging sie schnell aus der Kabine.

Aurelia blieb grübelnd in Unterwäsche in der Umkleidekabine zurück. Was war das gewesen? So hatte sie bisher nur bei den Männern gefühlt. Schnell streifte sie sich das Kleid über und trat zur Kasse. Dort bezahlte sie, ging aus dem Laden, machte sich unsichtbar und war wenig später wieder drin. Nun beobachtete sie Daria viel intensiver. Etwas zog in ihrem Herzen und sie spürte die Berührung noch immer auf ihrer Haut.

28. Kapitel
Reifeprüfung

Seit einer Woche hatte er sich von Franziska zurückgezogen. Seit dem „Unfall" im Fitnessstudio war er ihr konsequent aus dem Weg gegangen. Er hatte sich in seiner Wohnung eingeschlossen, um zu überlegen. Hinter heruntergelassenen Jalousien waren seine Gedanken immer nur um die Frau herum gekreist. Peter wollte sie nicht verlieren und er wollte sie nicht verletzen. Das war der Punkt und er wusste ja nicht, wie viel vom Vater in ihm steckte.

War es nur die Suche nach Anerkennung gewesen? Oder war es genetisch bedingt? Dann würde es für ihn schwer werden.

Im Moment fühlte er keine Entzugserscheinungen. Alles alte Karma schien mit dem Besuch auf dem Friedhof von ihm angefallen zu sein. Aber konnte er sich da so sicher sein? War es vielleicht nur die fehlende Stimulation in seiner selbstgewählten Isolation? Schließlich lebte er jetzt eher wie ein Mönch!

Nun war es also wieder Freitag und es blieb ihm eigentlich nur, zu prüfen, wie er auf Frauen reagierte und dazu würde er sein Schweigekloster über den Dächern der Stadt einfach verlassen müssen. Peter suchte sich seine besten Sachen heraus, duschte ausgiebig und legte sein bestes Parfüm auf. Sodann brach er auf. Es war später Nachmittag, als er sich bei Paul an seinen Stammtisch setzte.

Der Kaffee schmeckte hervorragend und er überlegte, wo er mit seiner Suche nach Stimulation beginnen sollte, da öffnete sich die Tür der Bar und eine atemberaubende Frau schwebte in den Raum. Sie war groß, schlank und hatte schwarze Haare. Genau sein früheres Beuteschema! Und sie steuerte auch noch auf ihn zu. Kannte sie ihn? Peter überlegte, kam aber zu keiner Erkenntnis. Diese Frau hätte er sicher nicht vergessen!

„Wenn es bei der nicht klappt, dann bin ich geheilt!", dachte Peter. Obwohl ringsum noch Tische frei waren, trat sie an seinen und fragte „Ist hier noch ein Platz frei?" „Natürlich! Bitte schön!", erwiderte Peter und zeigte auf dem Platz ihm gegenüber. Die Frau nickte, setzte sich und schlug die Beine galant übereinander. Sie trug ein kurzes, ärmelloses, schwarzes Sommerkleid, welches viel von ihrer gebräunten Haut frei ließ. Das Licht in der Bar zauberte einen bläulichen Schimmer auf ihr Haar, dass sie mit einer Handbewegung hinter ihr Ohr schob. Sie schien auf ein Abenteuer aus zu sein, denn anders konnte er ihr Verhalten und ihre Platzwahl nicht deuten.

Schon oft hatte er hier die enttäuschten Ehefrauen gesehen, die etwas erleben wollten, während ihre Ehemänner bei einem Meeting in der Sekretärin oder Kollegin steckten. Und obwohl sie keinen Ring an den schlanken Händen trug, schien sie genau solch eine Frau zu sein. Ein Vamp auf der Suche nach schnellem, unverbindlichem Sex. Um es damit dem untreuen Ehemann so richtig heimzuzahlen und auch noch etwas Spaß dabei zu haben. Paul brachte auf seine Handbewegung zwei Kaffee.

Die Frau nickte und nippte an der Tasse. Ihre dunklen Augen fixierten ihn unablässig über den Rand des Trickgefäßes hinweg. Ihr Fuß, der in einem, der Jahreszeit nicht angemessenen, hochhackigen Stiefel steckte, wippte unablässig, als würde er den Takt eines unhörbaren Liedes folgen.

Noch ging es ihm gut und selbst die Hose spannte nicht im Schritt. Eine Woche zuvor hätte er sicher jetzt schon zu kämpfen gehabt, bei dem lasziven Blick der Frau. Sie setzte die Tasse ab, beugte sich etwas vor und hauchte „Besorg es mir!" dann lehnte sie sich zurück, legte den Kopf etwas schräg und lächelte ihn umwerfend an. In all den Jahren hatte er noch nie eine Frau getroffen, die so direkt und unverblümt auf den Punkt gekommen war.

Der Mann trank die Tasse aus und nickte. „Wohin?", flüsterte er und sie legte ihre Hand auf die seine. Dann zeigte sie mit dem Kopf zur Ausgangstür. Peter zahlte und sie stand auf. Sollte er sie begleiten? Was würde geschehen? War dies die ersehnte Prüfung und bestand er diese schon, wenn er jetzt ablehnte und sitzen blieb. Doch er stand auf, folgte ihr mit schnellen Schritten und hielt ihr die Tür der Bar auf. Ihre Hand streifte seinen Hintern wie unbeabsichtigt und dann standen sie vor der Haus auf der Straße.

„Ich kenne da ein kleines Hotel. Nicht weit entfernt", sagte sie und ging einfach los, ohne sich weiter um ihn zu kümmern. Da war nichts Romantisches mehr in ihrer Art. Sie wollte es und sie würde es sich nehmen, egal von wem. Mit ein paar Schritten schloss er zu ihr auf und ging neben ihr her. Wortlos war ihr Weg und etwa eine halbe Stunde später waren sie vor einem kleinen Hotel angekommen. Es lag in einer Seitenstraße und war ein typisches „Stundenhotel", in welchem die Verliebten des Abends unterkommen konnten. Teenager, auf der Flucht vor den Eltern, Ehemänner mit ihren Geliebten. Keiner stellte hier Fragen oder führte Buch.

Sie betraten den Vorraum und ein älterer Mann mit grauen Haaren musterte sie kurz über seine Brille hinweg. Es war noch nicht so spät, daher waren sie wohl die ersten Gäste. Er griff nach hinten, holte einen Schlüssel und sagte „Zimmer 13. Die Treppe hinauf. Im ersten Stock links."

Die Frau nickte, nahm den Schlüssel und ging vor, ohne sich nach ihm umzusehen. Peter lief ihr hinterher und nahm immer zwei Stufen mit einem Mal, trotzdem holte er sie erst oben an der Treppe ein. Dort nahm er ihr den Schlüssel ab, suchte das Zimmer und schloss auf. Ein kleiner, schmuckloser Raum tat sich vor ihm auf, aber alles was wichtig war, war das große und offensichtlich stabile Bett.

Vor diesem küssten sie sich und entledigten sich langsam ihrer Kleidung. Bei ihr dauerte das nicht ganz so lange, da sie nur wenig anhatte. Dann kniete sie sich vor ihn hin, aber egal was sie auch versuchte, sein kleiner Freund wollte einfach nicht mitmachen. Schließlich erhob sie sich, aber er sah weder Zorn noch Enttäuschung in ihrem Blick.

Ein neuer, langer Kuss folgte. Danach griff sie zu ihrer Handtasche und zog einen Vibrator heraus, der vermutlich das einzige war, was in der winzigen Handtasche gewesen war. Wortlos drückte sie diesen Peter in die Hand und ließ sich auf das Bett fallen. Mit der Erfahrung der hundert Frauen zuvor begann er ihren Körper mit seinen Fingern, seinen Lippen und mit dem vibrierenden Plastikstück zu verwöhnen. Er begann oben und zog eine Spur von Gänsehaut über ihren ganzen Körper. Dann begannen seine Lippen noch einmal dieselbe Spur nachzuziehen.

Er hätte jubeln können! Da lag er mit dieser atemberaubenden Schwarzhaarigen nackt im Bett und nichts passierte! Sie räkelte sich und stöhnte bei jeder Berührung auf. „Mach schon! Besorg es mir endlich!", hauchte sie. Peter sah, wie sich jedes Härchen bei der Frau aufstellte und er musste an Franz denken. Damals auf dem Steg hatte auch die Freundin so gelegen.

Diese Frau hier lag empfangsbereit vor ihm und sein kleiner Freund zuckte nur, wenn er an Franziska dachte! „Mehr!", stöhnte sie und der Vibrator tauchte in den Körper der Frau ein. Wenige Augenblicke später warf sie sich hin und her. Es dauerte nicht lange, dann schrie sie ihren Höhepunkt mit solch einer Intensität heraus, dass es sicherlich der alte Mann unten an der Rezeption ebenfalls bemerkt hatte.

Aber bestimmt waren die Zimmer hier schalldicht. Die Frau fiel zurück, rollte sich auf die Seite und lächelte „Ich danke dir!", flüsterte sie nach dem Orgasmus noch schnaufend. „Wie heißt du?", fragte er nach, „Lilith", kam die Antwort, schon im entspannten Einschlafen. Peter zog eine Decke über die nackte Frau, nahm seine Kleidung wieder auf und ging in das Bad.

Wenige Minuten später schrieb er „Ich danke dir!" auf einen Zettel, den er unter den Massagestab auf dem Nachttisch schob, dann warf er einen letzten Blick auf die wunderschöne, schlafende Frau und zog die Tür leise in das Schloss.

Unten zahlte er das Zimmer und verließ das Hotel.

Diese Prüfung hatte er bestanden. Alle seine früheren Eroberungen hatten ihn nicht so glücklich gemacht, wie dieses Versagen bei Lilith. Jetzt war er bereit für Franz.

Fröhlich pfeifend ging er durch die laue Sommernacht zu seiner Wohnung zurück.

29. Kapitel

Das falsche Ziel?

Sonnabend war es geworden, als Aurelia von einem kleinen Vogel mit einem lustigen Lied geweckt wurde. Sie lag in Unterwäsche neben Daria, die leise schnarchte. Schnell kontrollierte sie, dass sie immer noch unsichtbar war. Der Schrei wäre sonst sicherlich lauter gewesen, als das Erschrecken der jungen Frau vor ein paar Tagen. Aurelia betrachtete die schöne Schläferin neben sich. Die Haare waren ihr in das Gesicht gefallen und sie hatte den Mund leicht geöffnet. Eine Reihe weißer Zähne blitzte im ersten Licht der Sonne. Daria lag auf dem Bauch und hatte das Gesicht halb zu Aurelia gewendet.

Seit langer Zeit hatte der Engel wieder eine Nacht durchgeschlafen. Sie war einfach bei Daria geblieben und noch immer grübelte sie darüber, was da am Vortag in der Umkleidekabine passiert war. Diese unbedachte und zugleich zärtliche Berührung von Daria hatte ihr gezeigt, dass sie doch noch nicht alles über die Liebe wusste.

Nun fasste sie selbst an diese Stelle und auch diese Berührung war seltsam. In den letzten Tagen hatten viele Männer ihre Brust berührt, mal zärtlich und mal etwas derber, aber nichts davon war mit dem vergleichbar, was die sanfte Berührung von Daria in ihr ausgelöst hatte, oder was jetzt gerade geschah. Sie fühlte sich selbst unter ihren Fingerspitzen. Es war seltsam und schön zugleich und so machte sie einfach weiter. Ihre Hände begannen den eigenen Körper zu erkunden. All die verborgenen Stellen, die solch eine Lust verursachen konnten und sie konnte nicht damit aufhören.

Aurelia spürte, wie sich ihr Körper zusammen zog, bevor sie sich mit einem Seufzer der Erlösung wieder entspannte. Die junge Frau schlief immer noch neben ihr und daher stieg sie vorsichtig aus dem Bett, zog das Kleid wieder an und sah zu Daria zurück.

Lilith hatte ihr in den letzten Tagen beigebracht, wie man sich blitzschnell von einem Ort zum anderen bewegen oder verschlossene Türen überwinden konnte. Daher ging Aurelia zur Tür, passierte diese und sah sich um. Niemand war zu sehen, als sie sich wieder sichtbar machte und nach unten zu dem kleinen Café ging, das hoffentlich schon offen hatte. Der ständige Hunger war etwas, was ihr Lilith damals verschwiegen hatte. Immer wieder knurrte ihr Magen und zum Glück hatte der Laden schon geöffnet. Sie setzte sich in die Morgensonne und ließ sich ihr gewohntes Frühstück bringen: Kaffee und Croissants!

Dabei schweiften die Gedanken zurück, zu dem gerade erlebten. Körperliche Liebe hatte es Lilith genannt und trotzdem hatte die Dämonin ihr sicherlich noch nicht alles erklärt. Sonst hätten ihre Fingerspitzen nicht solch eine Lust hervorgerufen. Es gab noch so viel zu erleben und zu entdecken!

Eine halbe Stunde später erschien Daria mit dem Hund. Man hätte die Uhr nach ihr stellen können, auch wenn Mäxchen sicher noch ein paar Minuten länger geschlafen hätte. Aurelia winkte die Frau zu sich, deren Nachtgeruch sie noch in der Nase hatte. Es war ein feiner Geruch gewesen. Rein und unschuldig und sicher nicht so, wie Aurelia im Moment roch, aber sie konnte die Dusche ja erst benutzen, wenn Daria in ihren Laden gegangen war.

Die junge Frau kam auf sie zu und Aurelia fragte „Möchten sie einen Kaffee, wo ich ihren doch gestern ausgetrunken habe?" Daria nickte, antwortete „Gern!" und band wieder den Hund an die Lehne des Korbstuhles, bevor sie sich in die Sonne setzte. Wenig später hielt sie das dampfende Getränk in der Hand und Aurelia schob ihr den Brötchenkorb über den Tisch. „Es gibt auch Erdbeermarmelade!", sagte sie und wusste, das Daria dies nicht ablehnen konnte.

Schweigend verspeisten sie das Backwerk und spülten es mit Kaffee herunter. Dann sagte Daria „Ich muss los." bedankte sich und eilte davon. Aurelia wartete noch ein paar Minuten, zahlte und ging dann zu Darias Wohnung. Die Frau war schon losgegangen, aber das Bad duftete nach ihrem Duschgel und Parfüm, wovon sich auch Aurelia bediente, bevor sie sich unsichtbar auf den Weg in den Laden machte. Dort setzte sie sich wieder auf das Sofa, beobachtete Daria und ließ den Keksvorrat auf dem Tisch schrumpfen.

Immer noch spukte diese Aufgabe durch ihren Kopf. War Daria die richtige Frau für Peter? Oder sollte sie lieber eine andere suchen? Dann betrat der Mann gegen Mittag den Laden. Aurelia sprang auf und riss dabei den Keksteller vom

Tisch. Die Platte flog polternd durch den Raum und verteilte die Kekse auf dem Fußboden. Der Bogen und die Pfeile lagen in Darias Wohnung! Blitzschnell war sie dort und wieder zurück, bevor der Teller den Boden berührte.

Mit dem Pfeil brachte sie sich hinter dem Mann in Position und schon flog das erste Geschoss los. Unmittelbar vom zweiten gefolgt. Beide Pfeile trafen das Herz des Mannes. Schnell zog der Engel den dritten Pfeil und legte auf Daria an. Doch vor Mitgefühl zitterte ihre Hand und so verfehlte das Geschoss die Frau, durchschlug einen hinter ihr hängenden Baldachin und traf die andere Verkäuferin, die fünf Meter hinter Daria gearbeitet hatte.

Mit einem schnellen Schuss durchtrennte Aurelia die Halteschnur des Baldachins, der über Daria zusammensank und den Blick des Mannes auf die andere Verkäuferin freigab. Ohne auf die am Boden mit dem Stoff kämpfende Daria zu achten, ging Peter auf die andere Frau zu, umarmte sie und ein weiterer Pfeil traf ihre beiden Herzen gleichzeitig und verschmolz diese für immer. Der Mann nahm die Verkäuferin, ohne noch irgendwas zu sagen, auf die Arme und trug sie nach hinten, wo sich die Umkleidekabinen des Geschäftes befanden.

Aurelia ließ Bogen, Köcher und Pfeil verschwinden, machte sich sichtbar und half der am Boden liegenden Daria aus ihrer misslichen Lage heraus. „Danke!", sagte Daria, als sie mit zerzausten Haaren unter der schweren Stoffbahn wieder auftauchte. „Was ist den passiert?", fragte sie, „Ich bin gerade hereingekommen, als der Stoff über ihnen zusammengebrochen ist. Da muss wohl ein Seil gerissen sein!", sagte Aurelia und hob die sauber durchtrennte Schnur auf.

Aus der Richtung der Umkleidekabinen kamen eindeutige Geräusche, dass sich dort zwei Menschen gerade sehr intensiv lieb hatten. „Franziska und ihr Freund!", sagte Daria und Aurelia sah, wie die junge Frau rot wurde. „Ich helfe mal, das Chaos zu beseitigen. Gibt es hier eine Leiter?", fragte Aurelia und Daria eilte nach hinten, vermied es dabei aber, den direkten Weg, an den Umkleidekabinen vorbei, zu nehmen.

Noch bevor die zwei in der Kabine fertig waren, hing der Baldachin wieder an seiner alten Position. Allerdings musste Aurelia auch daran denken, dass nun nur noch ein Pfeil übrig war. Fast mitleidig sah sie auf Daria herunter. Das würde ein Meisterschuss werden müssen, doch eigentlich war ihre Mission ja schon erfüllt.

Allerdings hatte sie sich viel zu intensiv mit der jungen Frau beschäftigt, als dass sie diese nun einfach so unglücklich zurücklassen wollte.

30. Kapitel

Tatsächlich Liebe!

Wie ein Blitz aus heiterem Himmel hatte es sie getroffen. Als der Raumteiler aus Stoff lautstark zu Boden fiel, da hatte Franziska Peter dort stehen sehen. Ein paar Tage hatte er sich von ihr zurückgezogen und nun war er wieder da. Die Freude rauschte durch ihren Körper und ein Kribbeln zog durch sie hindurch. Dann war er auf sie zugekommen, hatte sie in den Arm genommen und ein erneuter Blitz war bei ihr eingeschlagen. So als hätte sie in eine Steckdose gefasst. Ihre Lippen trafen sich zu einem der intensivsten Küsse, den Franziska je bekommen hatte. Alles drehte sich um sie herum.

Auf seinen Armen hatte er sie dann nach hinten getragen, wo sie sich nun gerade lautstark und leidenschaftlich liebten. Was die anderen sagen würden, das war ihr vollkommen egal. Und ob die Chefin sie dafür entlassen würde auch! Sie hatte ihren Traummann gefunden und dafür musste doch ein jeder Verständnis haben. Zum ersten Mal war der verdammte Rock zu etwas nutze gewesen. Der Slip hatte dem Ansturm nicht überlebt und lag nun zerrissen am Boden.

Franziska lehnte mit dem Rücken gegen die Ladenwand und umklammerte den geliebten Freund, der sich stürmisch in sie schob. Seine Stöße gingen ihr durch und durch und sie spürte den Druck so intensiv in ihrem Schoß, dass kleine Wellen der Lust von dort zu ihrem Kopf liefen. Franziska hatte nur noch Augen für ihn. Sie küsste ihn und alles um sie herum versank in einem Nebel. Dann löste sich alles in ihr in einem Schrei, der sicher noch auf der Straße zu hören gewesen war. Nur Sekunden später spürte sie das Zucken in ihrem Unterleib und auch Peter schrie erlöst auf. Es folgte ein Schwall seines Samens, den sie überall in sich spüren konnte und der kein Ende zu nehmen schien.

Erschöpft, aber glücklich, sanken sie zu zweit auf dem Stuhl in der Kabine, wobei er aber in ihr stecken blieb und die neue Position für einen zweiten Versuch benutzte. „Ich liebe dich!", stöhnte Franziska und wurde mit denselben Worten von Peter bedacht. Alles war geklärt. Die Zweifel waren fort. Nun übernahm sie die heftigen Bewegungen und trieb sich stöhnend zum zweiten Orgasmus.

Eine halbe Stunde später ließ er von ihr ab, sie erhoben sich, küssten sich und ordneten ihre

Kleidung. Dann verließen sie die Umkleidekabine wieder. Daria und eine andere Frau standen nicht weit entfernt und sahen sie an. Aber da war kein Vorwurf in ihren Blicken. Die Chefin war anscheinend nicht da, sonst wäre diese sicher schon vor ihr gewesen. So wie sie es immer machte, mit den Armen in die Hüfte gestützt und mit einem vorwurfsvolle Blick.

Franziska ging zu Daria und fragte „Schaffst du das heute alleine?" Die andere Verkäuferin nickte verstehend und schon war Franz, mit Peter an der Hand, aus dem Geschäft heraus. Sie rannten beide lachend den Weg zu ihrer Wohnung und waren schon wenig später wieder dort, wo alles angefangen hatte.

Sie zeigte lachend auf das Sofa, doch der Mann zog sie zum Schlafzimmer hinüber. Nun landeten ihre Sachen überall im Zimmer, danach fielen sie in das Bett. Sich gegenseitig streichelnd und sich immer wieder ihrer Liebe versichernd lagen sie nun dort. Peter schien wie ausgewechselt zu sein. Die Zurückhaltung war völlig von ihm gewichen und auch bei Franziska hatte sich etwas gelöst. Es war wie ein Felsen, der von ihrem Herzen gefallen war und der Aufschlag dieses Brockens zog sich immer noch als Vibration durch ihren Körper. Sie drängte sich an den Mann und fühlte sich zum ersten Mal in ihrem Leben wirklich als Frau. Händchen haltend, küssend und sich streichelnd genoss sie die Zweisamkeit.

Immer und immer wieder liebten sie sich stürmisch und es schien kein Ende nehmen zu wollen. War Peter so ausgehungert nach ihr? Oder war es ein Zauber, der sie umgab. Sie nahm nichts anders mehr wahr, nur den Mann, in dessen Armen sie nun lag und der sie mal zärtlich und mal stürmisch mit seinen Liebesbekundungen bedachte. Erst Stunden später ließ er von ihr ab und sank neben ihr in das Bett. Dann fragte er sie „Willst du meine Frau werden?" und ohne darüber nachzudenken, antwortete sie schnell „Ja! Das möchte ich."

Noch bevor sie es richtig verstanden hatte, war er aus dem Bett gesprungen, hatte seine Hose gesucht und eine kleine Schachtel herausgezogen. Darin befand ich ein wunderschöner Ring mit einem kleinen Stein. Peter kam zu ihr und steckte ihr den Ring an den Finger und sie hielt den Stein nach oben, damit ihn die Nachmittagssonne zum Strahlen bringen konnte.

Mit den Worten „Ich liebe dich!" schlief er neben ihr ein. Seine Hand lag wiederum auf ihrem nackten Bauch, so wie damals auf dem morschen Steg. Die Welt außen herum war weit weg und es schien nur noch sie beide hier zu geben. In der Wärme des Nachmittags lag sie in dem Bett und betrachtete den Mann, den sie schon ihr ganzes Leben lang kannte. War das vielleicht von Anbeginn so vorgesehen? Hatte sie es nur nicht verstanden? Sie wusste es nicht. Ihr Kopf sank auf das Kissen zurück, während sie auf die leisen Schlafgeräusche des Mannes neben sich hörte. „Ihres" Mannes! Noch einmal betrachtete sie den Ring, bevor auch sie völlig erschöpft einschlief. Im Traum sah sie sich mit einem weißen Kleid in einer Kirche stehen. Bisher waren ihr Kleider verhasst, doch dieses war einfach nur viel zu schön!

In diesem Traum zog das ganze gemeinsame Leben vor ihr vorbei. Wie sie zusammen gebadet hatte, wie sie angeln gegangen waren. Und sie sah die Mutter, die weinend in der Kirche saß. Endlich würde sich der Wunsch der Mutter erfüllen. Franziska wäre eine Frau! Ein Streicheln auf ihrem Bauch weckte sie wieder auf. Als sie die Augen aufschlug, begrüßte sie der Mann mit einem Kuss. War auch der Heiratsantrag nur im

Traum geschehen? Sie hob ihre Hand und sah den Ring. War sie noch im Traum?

„Kneif mich mal!", sagte sie schnell, was Peter auch sofort tat. Der Schmerz durchzuckte sie und Franziska rief „Aua!" es war kein Traum. Alles war real und wunderschön. „Soll ich uns eine Pizza bestellen?", fragte Peter und sie angelte das Telefon vom Fußboden. Wenig später war die Bestellung aufgegeben.

Als es klingelte, zog er sich schnell die Unterhose an, holte die Pizza an der Tür und kam damit zum Bett. Sie verspeisten die Stücke nackt im Bett und es war ihr völlig egal, dass die Tomatensauce das Bettlaken ruinierte. Sie fütterten sich gegenseitig und jeden Bissen begleitete ein langer Kuss. Nach dem letzten Stück schleckte er ihr den Käse vom Körper und wieder lief eine Gänsehaut über Franziska. „Das sollten wir jetzt jeden Tag haben!", hauchte sie und zog ihn zu sich.

31. Kapitel

Zwei Seelen

Eine ganze Weile hatten sie beide dem Schnaufen und Stöhnen aus der Kabine zugehört. Zum Glück waren keine Kundinnen in dem Geschäft gewesen, aber es schien Daria peinlich zu sein, so hautnah am Geschehen zu sein. Zumindest sah Aurelia, dass die junge Frau bei den eindeutigen Geräuschen rot bis zu den Ohren geworden war. Dann kamen die beiden aus der Kabine und verabschiedeten sich. Da Daria nun alleine im Laden war, bot sich Aurelia an, ihr zu helfen, was die junge Frau auch gern annahm.

Somit hatte der Engel sein „Ziel" auch weiterhin gut im Blick. Da sie nun nur noch einen Pfeil hatte und die junge Frau ihr mittlerweile so an ihr Herz gewachsen war, dass sie ihr helfen wollte, musste dieser Schuss ganz sauber sitzen. Zwei Menschen mit einem Pfeil für immer vereint. Das war nicht ganz so einfach und ihre Bitte nach neuen Pfeilen war bisher nicht von Erfolg gekrönt gewesen. Daran würde sich nun sicherlich auch nichts mehr ändern, denn der eigentliche Auftrag war ja nun erfüllt.

Einige Damen betraten das Geschäft nacheinander und sie kümmerten sich um die Bedürfnisse der Frauen. Dann trat Ruhe ein und wenig später erschien ein junger Mann, der genau im Alter von Daria war. „Der oder keiner!", dachte Aurelia, entschuldigte sich bei Daria, verließ das Geschäft, machte sich unsichtbar und war einige Sekunden später mit dem Bogen und den letzten silberne Pfeil zurück.

Allerdings war es unmöglich, die beiden so vor den Pfeil zu bringen, dass eines der Geschosse die beiden Herzen mit einem Mal verbinden konnte. Jedes Mal trat Daria einen Schritt zur Seite, wenn Aurelia in Schussposition war. Dann erschien eine junge Frau im Geschäft und der Mann begrüßte sie mit einem Kuss. Das wäre dann sicherlich gründlich schiefgegangen, wenn der Pfeil ihn getroffen hätte. Aurelia atmete auf und ließ den Bogen wieder verschwinden.

Nach ein paar Minuten betrat sie, nun wieder sichtbar, das Bekleidungsgeschäft erneut. Sie trat zu den dreien und hörte, dass der junge Mann Unterwäsche für seine Freundin suchte. Nachdem sie den Mann auf dem Sofa postiert hatten, nahmen sie die junge Frau in die Mitte und berieten sie in all den Dessous, die sie so im Regal hatten.

Mit anprobieren und aussuchen dauerte das fast eine Stunde, in welcher Aurelia feststellte, wie gut sie sich mit Daria verstand. Fast zeitgleich griffen sie zu denselben Stoffstücken und hatten auch sonst fast denselben Geschmack. Dann hatte der junge Mann bezahlt und Aurelia war mit Daria wieder alleine in dem Geschäft. Da war etwas in ihr, was man mit einer großen Zuneigung zu der jungen Frau beschreiben konnte. Das war sicherlich kein Zufall und nun musste Aurelia klären, was hier passierte. Aber das würde nur Lilith wissen. Sie verabschiedete sich und rief, nachdem sie den Laden verlassen hatte, nach ihrer Freundin Lilith, die auch fast sofort vor ihr erschien.

„Was möchtest du?", fragte die Dämonin, die ausgiebig gähnte und dabei ihre spitzen Eckzähne sehen ließ. Aurelia zog sie zu einer Bank in der Fußgängerzone, wo sie sich beide setzten. Dann begann der Engel nach Worten zu suchen, mit denen sie ihre Situation beschreiben konnte. „Das kenne ich gut", sagte Lilith nachdenklich, dann setzte sie fort „Mir ist es vor ewigen Zeiten ähnlich ergangen. Allerdings mit einem Mann. Die Gefühle sind immer stärker geworden und dann konnte ich mich nicht mehr lösen." „Aber ich dachte, Liebe gibt es nur zwischen Mann und Frau?", fragte Aurelia und die Dämonin sah sie mit schräg gehaltenem Kopf an. „Warum sollte das so sein?", entgegnete sie und Aurelia verwies auf die Erlebnisse der vergangenen Woche.

„Das ist eine andere Art von Liebe. Es gibt zwei Körper, die aufeinander treffen. Es kann aber auch zwei Seelen treffen. Das ist die tiefste Liebe! Wenn dann auch noch diese Körper sich finden, dann ist egal, ob es zwei Männer, zwei Frauen oder Mann und Frau sind", erklärte die erfahrene Frau.

„Ich habe also noch nicht alles kennengelernt!", entgegnete Aurelia leise und Lilith schüttelte den Kopf. „Die seelische Liebe ist die schönste und die schmerzvollste zugleich. Ich war am Boden zerstört, als meine große Liebe starb und ich weiterleben musste. Das möchte ich dir lieber ersparen", gab die Dämonin zu bedenken und stand auf. „Es war eine anstrengende und schöne Nacht für mich. Ich muss mich ausruhen gehen", beendete Lilith das Gespräch und verschwand mit einem Kopfnicken. Der Engel blieb nachdenklich zurück.

Was sollte nun werden? Sie fühlte sich zu Daria hingezogen, gleichzeitig durfte es aber auch nicht sein. Ein Engel mit einer Menschenfrau! Das würde, nach den Worten von Lilith, nicht gut gehen!

Doch nun zog es sie wieder zurück in das Geschäft. Die andere Verkäuferin fehlte immer noch und so fragte Aurelia, ob sie solange helfen konnte, bis diese zurückkam. Das wurde natürlich von Daria schnell angenommen. Arbeit gab es schließlich genug und wenn man jemanden zum Reden hatte, dann war das auch nicht schlecht. Nur die Geschäftsführerin musste noch zustimmen, aber da hatte Lilith ja noch einen Gefallen offen und so war deren Zustimmung sicherlich eine reine Formsache.

Der Tag ging dahin und nach Ladenschluss gingen sie gemeinsam nach Hause. Aurelia stieg im dritten Geschoss aus dem Fahrstuhl aus, war dann aber schon vor Daria, natürlich unsichtbar, in der Wohnung im fünften Stock angekommen. Dort beobachtete Aurelia weiter jede Bewegung der jungen Frau. Dann ging Daria mit dem Hund spazieren und wurde von Aurelia schon sehnsüchtig erwartet. Später ging sie unter die Dusche und pünktlich in ihr Bett. Der Engel setzte sich auf die Ecke des Bettes und sah zu, wie die Frau langsam einschlief.

Als der Mond aufging und sein silbernes Licht auf das Gesicht von Daria fiel, legte sich Aurelia neben die schlafende Freundin. Da war so ein Sehnen in ihrem Körper. Langsam begann sie sich wieder zu streicheln.

Schließlich endete der Tag so, wie er begonnen hatte: mit einem erlösenden Seufzer des Engels, bevor sie die Augen schloss und neben der anderen Frau einschlief. Doch auch im Traum waren sie sich nahe. Was würde hier passieren? Sie musste doch dafür sorgen, dass Daria glücklich werden würde. Konnte ihr da auch die Dämonin helfen? Oder sollte sie es zuerst allein versuchen? Zwei Körper lagen in einem Bett, die beiden Seelen lagen viel näher beieinander.

32. Kapitel

Neue Ziele

Drei Tage und drei Nächte hatten sie das Bett nur kurz verlassen. Es schien so, als wolle er die vergangenen dreißig Jahre und all die versäumten Gelegenheiten wieder aufholen. Sachen brauchten sie dazu nicht, nur manchmal eine Hose, wenn er zur Tür ging, um die Pizza abzuholen. Praktisch lebten sie im Bett von Pizza und kaltem Bier. Es war schön, sich so nah zu sein und sie brauchten keine Worte. Alles sagten ihre Blicke und ihre tastenden Fingerspitzen. Fort waren all die Zweifel, die er jemals gehabt hatte.

Sein Leben lang hatte er nicht gewusst, dass das Ziel seiner Suche so nah gewesen war. Erst die Auszeit und das Nachdenken über die Motive seines Handelns hatten ihn zu Franziska geführt.

Dann beschlossen sie spontan, in seine Wohnung zu wechseln. Schnell raffte Franz zusammen, was sie für ein paar Tage brauchte. Den Rest konnten sie ja später immer noch holen. Dann liefen sie, Hand in Hand, am späten Nachmittag die Straße entlang. Doch auch dabei hatten sie nur Blicke füreinander. Sie betraten das Haus und fuhren mit dem Lift bis ganz nach oben, wo sich seine Wohnung befand. Gespannt schloss er auf. Noch nie hatte er jemanden in sein Reich mitgebracht und war nun aufgeregt, was die Frau seines Lebens wohl über seine Junggesellenbude sagen würde.

Sich umschauend betrat sie den Flur und legte den Rucksack in der Wohnstube ab. „Schön hast du es hier", sagte sie und begann ihre Runde zu ziehen. „Es ist jetzt auch dein Reich und du bist die erste Frau, die ich hierher mitnehme", erwiderte er. Franziska öffnete die Tür und trat auf die Dachterrasse hinaus. Ein schöner Blick über die sommerliche Stadt bot sich ihnen dar, den er in all der Zeit gar nicht als so schön wahrgenommen hatte. Vermutlich änderte ihre Anwesenheit mehr, als er jemals gedacht hatte. Dann zog sie ihn hinter sich her und fragte „Und hier war wirklich noch nie eine andere Frau?" „Ich schwöre es!", sagte er und sie küsste ihn. Dann ging sie zu ihrem Rucksack und öffnete diesen.

Franz zog etwas daraus hervor und hielt es ihm hin. „Schau mal, was ich dir mitgebracht habe!", sagte sie lächelnd und er erkannte die

DVD mit dem Film, mit dem alles angefangen hatte. Peter griff sich eine Fernbedienung vom Tisch und drückte auf einen Knopf. Das Sofa fuhr automatisch auf die doppelte Breite heraus, die Jalousien fuhren herunter und gedimmtes Licht ging an. „Wollen wir uns den Film wieder ansehen?", fragte sie lächelnd und er erwiderte „Vielleicht sollten wir die besten Szenen daraus nachspielen. Ich bin der Müllerbursche und du die Tochter des Müllers!". „Welche davon?", fragte sie lachend, „Wenn du willst dann alle drei!", entgegnete er, während sie die DVD Hülle zurücklegte. „Hast du dir da nicht zu viel vorgenommen?", fragte sie lächelnd. Dabei ging sie rückwärts auf das Sofa zu und öffnete den Reißverschluss ihrer Jacke.

Er folgte ihr langsam und zog sich dabei das Hemd aus. Als das Sofa ihren Rückzug stoppte, war er sofort bei ihr und nahm sie in den Arm. Binnen Bruchteilen eines Augenblickes hatten sie sich alle weiteren Kleidungsstücke ausgezogen und Franziska ließ sich auf das Sofa fallen. Da sie den Griff mit ihren Armen um seinen Hals bei ihrem Fall nicht löste, zog sie ihn einfach hinter sich her.

Für einen Moment lagen sie nackt Bauch an Bauch, bis sie scherzhaft sagte „Ich glaube, an diese Stelle des Filmes kann ich mich noch gut erinnern." Peter verschloss ihren Mund mit einem zärtlichen Kuss. Franziska verschränkte ihre Beine hinter seinem Rücken und flüsterte „Dich gebe ich nicht mehr her!" dann zog sie ihn zu sich.

Peter schob sich nach vorn, seine fast schmerzende Erektion teilte ihre Vulva und glitt ein kleines Stück in sie hinein, während sich die Frau vor Lust aufbäumte. „Und ich lasse dich nie mehr los!", stöhnte er. Dann stieß er kraftvoll zu.

33. Kapitel
Das Ende aller Wünsche?!

In den letzten drei Tagen hatten sie sich an jedem nur erdenklichen Ort in Peters Wohnung geliebt. Es war wie eine Art von Besitzergreifung für Franziska gewesen. Dann hatten sich ihre beiden Gemüter endlich soweit abgekühlt, dass sie die Finger voneinander lassen konnten. Nun suchten sie ihre Sachen, die sie bisher ja nicht benötigt hatten, um die Wohnung mal wieder zu verlassen. Das Ziel ihres kurzen Weges war ein kleines Café an der Straßenkreuzung, wo auch auf dem Gehweg Stühle, Tische und Sonnenschirme standen.

Ein ausgiebiges Frühstück begann, wobei Franziska auf die Menschen sah, die auf dem Weg an ihrem Tisch vorbei gingen. Und sie achtete auf Peter, der ihr versprochen hatte, ihr ab jetzt immer treu zu bleiben. War da ein Zweifel in ihr, dass er sein Wort nicht halten würde? Doch selbst die schönsten Frauen, denen selbst sie bewundernd hinterher sah, konnten seinen Blick nicht von ihr lösen. Plötzlich legte Peter seine Hand auf die ihre und fragte „Was meinst du? Sollten wir einen Teil des Geldes meines Vaters in ein kleines Geschäft investieren? Vielleicht eines für Sportartikel?" dann sah er sie an und sie konnte ihre Freude nicht verbergen.

Sie sprang auf und fiel ihm um den Hals. Woher hatte er nur gewusst, dass dies schon lange ihr größter Wunsch gewesen war? Noch nie hatte sie jemanden davon etwas erzählt und nun konnte es für sie wahr werden. Peter zahlte und sie gingen, Hand in Hand, schlendernd in der Sonne, zurück zu seiner Wohnung, die ja nun auch ihre war.

In einer Apotheke am Straßenrand holte sie einen Schwangerschaftstest, mit welchem sie sich anschließend in einem kleinen Park hinter einen Baum hockte. Wenige Minuten später bestätigte sich ihre Vermutung. Offensichtlich war sie seit dem ersten Zusammentreffen auf dem Sofa in ihrer Wohnung schwanger und eventuell war sie auch deshalb damals im Fitnessstudio zusammengebrochen.

Auf dem weiteren Rückweg zur Wohnung überlegte Franziska, wie sie ihre Mutter von beiden Neuigkeiten in Kenntnis setzen würde. Beide Wünsche der Mutter würden sich nun erfüllen.

Sie würde Oma werden und Franz würde heiraten. Nur mit dem Termin würden sie sich beeilen müssen, damit sie dann auch noch in das Kleid passte. Das Hochzeitskleid konnte sie sich ja in ihrem alten Laden anfertigen lassen und sicherlich würde die Mutter es gern bezahlen. Also stand einer Hochzeit in Weiß schon mal nichts mehr im Wege.

Mit dem Betreten der Dachterrasse flogen Franziskas Gedanken in die nicht sehr ferne Zukunft voraus. Hatten sich nun alle ihre Wünsche erfüllt? Es schien so und sie würde ihrem Kind, egal ob Sohn oder Tochter, nicht in ihr Leben hineinreden, wie es die Mutter immer bei ihr gemacht hatte. Ihre Tochter würde Fußball spielen können und ihr Sohn konnte eine Puppe haben. Sie lehnte sich an Peters Schulter an und sah auf die von der Sonne beschiene Stadt hinab. Alles würde gut werden, solange ihr Mann ihr treu blieb. Er beugte sich zu ihr und küsste sie leidenschaftlich. Dreißig Jahre hatte sie darauf gewartet und hatte nicht gewusst, dass sie schon immer den Mann an ihrer Seite hatte, den sie haben wollte.

Hand in Hand betraten sie die Wohnung danach wieder und diesmal bestellte Peter keine

Pizza, sondern er ließ von einem Cateringunternehmen ein kleines Buffet aufbauen.

In ihren besten Sachen setzten sie sich an den Tisch und es dauerte eine Weile, bis er ihre Hand wieder losließ. Franziska sah zu ihrem Handy. Zwei Nachrichten warteten noch darauf, dass sie diese der Mutter mitteilte. Sie holte das Telefon und tippte die Nummer in den Kontakten an. Es piepste, alles würde gut werden. Alle Wünsche waren nun erfüllt. Sie war glücklich!

34. Kapitel

Die Spitze des Pfeiles

Aurelia fühlte sich immer mehr zu der anderen Frau hingezogen. Seit ein paar Tagen arbeiteten sie nun schon in dem Laden miteinander. Praktisch waren sie den ganzen Tag zusammen, auch wenn Daria dies nicht wissen konnte. Noch immer legte sich Aurelia abends, unsichtbar, neben die andere Frau, die nun fast so etwas wie eine enge Freundin geworden war. Oder war sie schon längst viel mehr als das? Trotzdem hatte der Engel im Moment eigentlich nur noch die selbstgewählte Aufgabe, Daria glücklich zu machen.

Ihre Mission mit Peter war erfüllt und wen man es wörtlich nahm, so hätte sie ungehindert wieder zurückgehen können. Doch das wollte sie nicht. Vielleicht hatte sie auch nur einen Grund gesucht, ihren Aufenthalt bei den Menschen so lange wie nur irgend möglich auszudehnen. Hatte ihr Lilith dies nicht schon am ersten Tag genauso geschildert? Gab es für sie überhaupt noch die Möglichkeit einer Rückkehr? Oder musste sie nun für immer auf der Erde wandeln?

Ein Herz gewonnen, den Himmel verloren?

Sie wusste es nicht und im Augenblick war sie Lilith viel näher, als ihren Freunden im Himmel. Alles, was Jahrtausende „Normal" gewesen war, das fühlte sich nun irgendwie falsch an. Da sie jeden Tag arbeitete, kam sie natürlich auch nicht dazu, sich einen passenden Mann für Daria auszusuchen. Vielleicht würde der Zufall dann dafür sorgen, dass alles gut werden würde. Da sie nur noch einen Pfeil hatte, würde es sicherlich sehr kompliziert werden.

Ihr Wunsch nach mehr Pfeilen war bisher immer noch nicht in Erfüllung gegangen. Gleichzeitig blieb aber auch die Frage, ob sie es ertragen konnte, dass neben Daria jemand anders im Bett lag, als sie. Schon alleine bei diesem Gedanken krampfte sich ihr Herz zusammen. Sollte sie Lilith fragen, was das alles bedeuten konnte? Oder hatte die, in Herzensdingen, erfahrene Dämonin ihr nicht schon längst die Antwort auf diese Frage gegeben?

Schon jede zufällige Berührung von Daria ließ sie zittern. Das war doch wirklich nicht normal! Oder hatte sie ihr unerfahrenes Herz einfach mit viel zu vielen Gefühlen überlastet? So viele Emotionen waren in den letzten Tagen auf sie eingestürzt. Musste dies nicht zwangsläufig zu diesem Chaos führen?

Schließlich hatte ihr ja auch niemand erklärt, wie sie damit umgehen sollte. Konnte sie ihr Herz vielleicht wieder anhalten? Doch dann dachte sie daran, dass ihr Lilith gesagt hatte, dass der Prozess nicht mehr rückgängig gemacht werden konnte. Würde das Herz stehen bleiben, so würde sie sicherlich am gebrochenen Herzen sterben. Zumindest hatte sie die Äußerungen der Dämonin so gedeutet.

Dabei war die Antwort doch eigentlich so einfach: sie wollte, dass es Daria gut ging und sie wollte, dass es ihr selbst gut ging. Und obwohl sie noch nicht wirklich darüber nachgedacht hatte, war sie zu der Überzeugung gekommen, dass es ihnen nur zusammen gut ging!

Das war genauso einfach, wie es auch kompliziert war. Ein Mensch und ein Engel konnten in diesem Falle nur gemeinsam das Glück finden.

Überfiel sie damit Daria? Ein einfacher Satz begann in Aurelias Kopf zu kreisen „Daria! Ich liebe dich!" so einfach auszusprechen, wollte er dennoch nicht über ihre Lippen kommen. Was wäre, wenn die Freundin sie dafür auslachen würde? Konnte der Engel den darauf folgenden Schmerz dann aushalten? Oder würde dieser erst recht ihr Herz zerbrechen?

Zärtlich sah sie auf die Bewegungen der Frau, die gerade ein Regal umrundete und auf sie zukam. Aurelia stand von dem Sofa auf und ging ihr einen Schritt entgegen. Daria stoppte, stellte die Tassen ab und wollte sicherlich fragen, was los war. Den Mund schon zur Frage geöffnet standen sie voreinander.

Dann sah Aurelia die andere Frau an. Hier musste sie eine Entscheidung treffen. Es musste hier enden oder es musste ganz neu und viel intensiver beginnen. Doch sie konnte sich nicht von Daria trennen. Mit anderen Worten war die Entscheidung schon lange getroffen worden, ohne dass sie das absichtlich gewollt hatte. Ihr feuriges Herz hatte diese Wahl schon längst getroffen.

Der im Kopf formulierte Satz strömte über ihre Lippen in den Raum. Und zum Glück wurde er sofort von Daria erwidert. Daria blieb wie angewurzelt auf der anderen Seite des Ladens stehen. Vor dem Tisch standen sie sich gegenüber. Keiner konnte sich mehr bewegen.

Es blieb nur noch eines zu tun „Lilith. Ich bin bereit!", murmelte der Engel und fast im selben Augenblick tauchte die Dämonin neben ihr auf. „Du hast mich gerufen?", fragte diese nach und Aurelia nickte ihr zu. „Ich bin jetzt bereit für die Seelenliebe!", entgegnete sie und Lilith zog die Augenbrauen hoch. „Wirklich? Du weißt, was das für dich bedeuten würde?", entgegnete die Dämonin sichtbar zweifelnd.

Ein letzter Moment des Überlegens, dann nickte Aurelia. Plötzlich erschien vor ihr, hinter dem Rücken von Daria, die keine vier Schritte vor ihr stand, ihr Engelsfreund Max. Verwundert wollte sie ihn fragen, als sie bemerkte, dass er mit dem Bogen auf sie angelegt hatte. Der Pfeil traf sie direkt in ihr Herz, dass für einen Augenblick aussetzte, nur um dann mit doppelter Geschwindigkeit weiterzuschlagen. Der zweite Pfeil traf Daria und Aurelia sah die Überraschung im Blick der anderen Frau.

Alles um den Engel herum löste sich langsam auf. Max verschwand und Lilith flüsterte ihr ins Ohr „Ich wünsche dir viel Glück mein Kind." Dann gab sie ihr einen Schubs in den Rücken, wodurch sie in die weit ausgebreiteten Arme von Daria taumelte.

Als sie sich beide umarmten, sah sie im Spiegel hinter der Freundin, dass Lilith plötzlich ihren Bogen und den letzten Pfeil in der Hand hatte. Das silberne Geschoss durchbohrte ihr Herz und auch das von Daria. Beide Seelen verschmolzen für immer miteinander. Lilith verschwand und rings um Daria waren nur noch Herzen zu sehen. Aurelia nahm das Gesicht der Freundin in beide Hände und küsste sie zärtlich.

Der Kuss wurde von der anderen Frau stürmisch erwidert. Alles versank im Nebel um sie herum. Nichts hatte mehr Bedeutung. Beide hielten sich mitten in dem Laden umklammert und keiner würde sich jemals wieder trennen können.

35. Kapitel

Glücksgefühle

Sie fühlte sich einfach zu der anderen Frau hingezogen. Seit ein paar Tagen arbeitete Aurelia nun in dem Laden und da Franziska gekündigt hatte, würde sie wohl auch bleiben, bis eine andere Verkäuferin gefunden worden war. Zumindest hatte sie ihr das versprochen. Nun stand Daria in der Ecke und beobachtete die andere Frau, wie sich diese in dem Geschäft bewegte. Diese Frau war eloquent, wortgewandt, witzig und auch noch wunderschön. Sie schien durch den Raum zu schweben.

In den Pausen erzählte sie oft alte Geschichten und obwohl sich Daria nie wirklich für Geschichte interessiert hatte, waren die Beschreibungen von Aurelia so fesselnd, dass sie da kaum wieder weg kam. Die Frau konnte so erzählen, als wäre sie dabei dort gewesen und die kleinen Anekdoten über die Orgien im römischen Reich und die Annäherungsversuche von Kleopatra an Cäsar waren so detailreich geschildert, dass Daria davon manchmal rote Ohren beim Zuhören bekam.

Obwohl sie ja sonst auch schon gern im Geschäft gewesen war, konnte sie es nun kaum erwarten, dass sie am Morgen auf Aurelia traf und wenn sie am Abend die Eingangstür verschlossen, dann waren sie meist auch nur noch zu zweit. Der Weg nach Hause war ja bei ihnen beiden gleich und so verabschiedeten sie sich im Lift voneinander, um am anderen Morgen manchmal im Fahrstuhl wieder aufeinander zu treffen. Sie fühlte sich einfach wohl bei der anderen Frau und es schien so, als ob sie sich schon ewig kennen würden. Daria mochte die offene Art, mit der die andere Frau ihr zuhörte und sie mochte natürlich auch Aurelias Mutter.

Die ganze Familie von Aurelia hatte Daria nun schon mit in ihr Herz geschlossen, denn auch mit Petra kam sie gut zurecht. Seit ein paar Tagen kam die junge Designerin nun auch oft in das Geschäft, obwohl es ja am anderen Ende der Stadt lag, zumindest von dem kleinen Geschäft „Devils-Art" aus gesehen. Mit Petra konnte sie sich über Mode austauschen und die dunkelhaarige Halbschwester von Aurelia hatte ihr in Aussicht gestellt, das zusätzlich zum Model sie nun auch noch jemanden suchte, der neuen Wind in die Designs bringen konnte. Da konnte sich auch in diese Richtung etwas anbahnen, was Daria schon immer gewollt hatte. Mal etwas selbst gestalten!

Sonnabend war es geworden und der Trubel der einkaufenden Frauen war in dem Geschäft weniger geworden. Nun setzte eine Zeit des Durchatmens ein und Daria freute sich schon darauf, in ein paar Minuten mit Kaffee und Plätzchen an dem Tisch zu sitzen und einer neuen Geschichte zu lauschen.

Aurelia hatte ihr versprochen, etwas von Napoleon und Josefine zu erzählen. Am gestrigen Tag hatte sie von Casanova erzählt und Daria war danach in der Nacht lange nicht in den Schlaf gekommen. Diese Stadt in der Lagune würde sie auch gern mal besuchen. Venedig war schon immer ein Ziel von ihr gewesen, so wie Mailand.

Versonnen träumend schaltete sie die Kaffeemaschine ein und wartete dort auf diesem Platz, bis die Tassen gefüllt waren. Über der Maschine hing eine Ansichtskarte von der Rialtobrücke und Aurelia hatte ihr gesagt, wie schön der Blick von dort auf die kleinen Gondeln gewesen war. Mit den Fingern strich Daria über die bunte

Karte. Vielleicht konnte sie die Freundin mal dorthin begleiten.

Mit den beiden gefüllten Tassen ging sie vorsichtig zum Sofa zurück und platzierte diese auf dem Tisch. Dann schob sie den Teller mit den Keksen in die Mitte und sah sich um.

Aus der Entfernung von ein paar Schritten wurde sie von Aurelia beobachtet. Da lag etwas in dem Blick der anderen Frau, was Daria noch nie bemerkt hatte, was ihr aber ein unheimlich warmes Gefühl gab. Vielleicht hatte es nie mit Männern klappen können, weil sie einfach für die Männer nicht das fühlte, was sie gerade dieser Frau gegenüber in sich bemerkte.

Ein Schauer aus Glücksgefühlen erfasste Daria und sie sahen sich einfach an. Dann sagte Aurelia laut „Ich liebe dich." Und Daria verstand, was die ganze Zeit in ihrem Körper passiert war. „Ich liebe dich auch", brach es aus ihr heraus und dann traf ein Blitz ihr Herz.

Wie ein Stromschlag ließ er sie zusammenzucken und sie nahm die andere Frau in ihren Arm.

Alles verschwamm vor ihr, dann schloss sie ihre Augen und spürte nur in dieses unglaublich intensive Gefühl hinein. Alles um sie herum wurde unwichtig.

36. Kapitel

Engel und Mensch

Verschlafen sah sie der Frau hinterher, die gerade aus dem Bett aufgestanden war. Aurelia zog ihre Konturen mit den Augen nach und blieb an ihrem Hintern hängen, der sich sanft bei jedem Schritt bewegte. Die Frau war nackt, aber das schien sie nun nicht mehr zu stören. Ihre blonden Haare fielen weit in ihren Rücken. An der Tür zum Bad blieb Daria stehen, warf einen Blick über ihre Schulter zurück zu ihr und der Engel sah den musternden Blick der Frau. Ihre blauen Augen schienen zu Fragen „Bist du noch da, wenn ich aus dem Bad zurückkomme?" Sie verschwand und Aurelia hörte das Rauschen der Dusche aus dem Badezimmer.

Wie sie am Tag zuvor wieder in die Wohnung gekommen waren, daran hatte der Engel keine Erinnerung mehr. Sie hatte nur noch Augen für Daria gehabt. Die ganze Nacht hatten sie sich gegenseitig zärtlich ihre Körper erkundet. Sie hatten sich gestreichelt, liebkost und ertastete. Es war ein Rausch der Wahrnehmungen und Gefühle gewesen und erst in der Morgensonne waren sie dann erschöpft eingeschlafen.

Zum Glück war ja heute Sonntag und so brauchten sie die Wohnung nicht zu verlassen. Plötzlich erschien Lilith einfach so neben dem Bett und kniete sich an Aurelias Seite nieder. „Ich sehe, es hat dir gefallen", flüsterte die Dämonin. Aurelia konnte dem nur nickend zustimmen. Ihr fehlten einfach die Worte, um das zu beschreiben, was gerade in ihr passierte und nun konnte sie Lilith verstehen, die ihr ja gesagt hatte, dass man das nicht beobachten oder beschreiben kann, was die Liebe ist. Man muss es fühlen, es erleben!

Die Dämonin beugte sich zu ihr, gab ihr einen Kuss und sagte leise „Wenn du etwas brauchst, so bin ich jederzeit für dich da und du wirst auch bald erfahren, wie sich die Liebe einer Mutter zu ihrem Kind anfühlt. Deine nächtlichen Ausflüge waren nicht ohne Ziel. Bald schon wirst du deine Tochter im Arm halten." Dabei legte Lilith ihr die Hand auf den nackten Bauch. Der Engel hörte in sich hinein und konnte das gerade gesagte noch nicht wirklich begreifen, aber Lilith hatte ja immer recht. Die ältere Freundin nickte, stand auf und war sofort wieder verschwunden.

Da würde etwas in ihrem Bauch heranwachsen, was halb Mensch und halb Engel war. Was würde sie ihrer Tochter mitgeben? Zumindest würde sie geliebt werden. Das Rauschen kam wieder überdeutlich in Aurelias Kopf. Die Freundin fehlte ihr jetzt schon und dabei war sie doch nur ein paar Schritte entfernt. Doch das Band der Liebe, welches der Pfeil geknüpft hatte, war sehr stark zwischen ihnen. Mochte doch Max die Abteilung führen, sie fühlte sich hier unten ganz wohl. Und sie würde jeden Augenblick davon bis zur Neige auskosten.

Aurelia richtete sich im Bett auf, setzte die nackten Füße auf den Teppich und folgte Daria in das Bad. Kurz sah sie der anderen Frau zu, die unter dem Strahl stand, dann schob sie die Tür auf und sagte „Hier ist doch bestimmt Platz für zwei!" Schließlich trat sie ein, ohne auf eine Antwort gewartet zu haben, und wurde mit einem leidenschaftlichen Kuss begrüßt. Aurelia konnte in den Augen von Daria sehen, dass diese glücklich war. Sie war es ebenfalls und nur darum ging es doch. Der Engel schob die Tür hinter sich zu und genoss die Streicheleinheiten und das warme Wasser auf der Haut. Alles würde gut werden!

ENDE

Von Uwe Goeritz im Verlag BoD (Books on Demand, Norderstedt) ebenfalls erschienene Bücher:

„Cecilia im Bann der Liebe"
ISBN lautet: 978-3-7392-4583-6
Altersempfehlung: ab 16 Jahre

„Was ist Liebe und warum kann sie uns in ihren Bann ziehen? Kann Mann oder Frau das mit dem Kopf entscheiden? Oder ist da eine rationale Entscheidung völlig unnütz? Cecilia, die Heldin dieser Geschichte, beginnt ihrem Kopf zu folgen, wo sie ihrem Herz hätte folgen sollen.

Gibt es für sie die Chance, diese Entscheidung zu revidieren? Oder bleibt sie allein und unglücklich zurück?"

112 Seiten für 6,49 Euro

„Für Immer an deiner Seite"
Die ISBN lautet: 978-3-7412-8407-6
Altersempfehlung: ab 16 Jahre

„Eine junge Frau schaut sich um und blickt zurück auf ihr Leben. „Wann ist die Liebe eigentlich erloschen?" fragt sich Maria, die Heldin dieser Geschichte. Im täglichen Kleinklein des Lebens hat sie sich viel zu weit von ihrem Mann entfernt. Oder er sich von ihr? Gibt es noch eine Chance?

Ist noch etwas Glut unter der Asche ihrer Liebe und kann der Wind der Veränderung die Flamme ihrer Liebe neu entflammen? Oder verweht der letzte Funken für immer und es beginnt ein neues Leben? Mit einem anderen?"

112 Seiten für 6,49 Euro

„Die Liebe ist (k)ein Ponyhof"
Die ISBN lautet: 978-3-7412-7920-1
Altersempfehlung: ab 16 Jahre

„Manchmal geht es in der Liebe zu wie in einem Ponyhof. Zwei Treffen sich und trennen sich wieder, oder sie bleiben zusammen für immer und bilden eine kleine Familie. Ramona, die Heldin dieser Geschichte, liebt ihr Pflegepferd Rodrigo über alles.

Außer ihm hat sie keine Freunde, weder auf Arbeit noch privat klappt es bei ihr.

Durch Rodrigo ist sie mit der Welt verbunden und durch den Hengst findet sie ihr Glück. Im Ponyhof und auch in der Welt."

116 Seiten für 6,49 Euro

„Griechische Küsse"
Die ISBN lautet: 978-3-7448-7274-4
Altersempfehlung: ab 16 Jahre

„War ihr ganzes bisheriges Leben eine einzige Lüge? Diese Frage stellt sich Jette, die Heldin dieser Geschichte. Nach dem Tod ihrer Mutter findet sie Hinweise darauf, dass die Geschichten, die ihr die Mutter über ihren Vater erzählt hatte, so nicht ganz stimmten.

Sie macht sich auf die Suche nach ihm und beginnt eine Reise, auf den Spuren der Mutter, in eine Zeit, in der ihr Leben einst begann. Auf Kreta stolpert sie Grigori in die Arme und es scheint so, als ob die Geschichte ihres Lebens vollkommen neu geschrieben wird. Oder doch nicht? Macht sie die Fehler ihrer Mutter ebenfalls? Wiederholt sich die Geschichte?"

116 Seiten für 6,49 Euro

„Liebe hinter Klostermauern" Die ISBN lautet: 978-3-7448-8973-5 Altersempfehlung: ab 16 Jahre

„Ein Leben wie im Kloster? Wollte sie das wirklich? Das fragt sich Karla, die Heldin dieser Geschichte, als sie auf Drängen ihrer Eltern in eine Hauswirtschaftsschule gehen muss, die sich in einem Kloster befindet. Doch dort lernt sie Rebecca kennen und verliebt sich in die gleichaltrige Frau.

Kann das gut gehen oder verstößt sie damit zu sehr gegen die Konventionen des Klosters und der Welt? Bleibt sie alleine zurück oder findet sie doch noch ihr Glück?"

120 Seiten für 6,49 Euro

„Ein Pflaster für die Seele"
Die ISBN lautet: 978-3-7460-7947-9
Altersempfehlung: ab 16 Jahre

„ „Bloß keinen Arztroman." denkt sich Luisa, die Heldin dieser Geschichte, und ist doch schon mitten drin. Oder etwa nicht? Doktor Peters scheint genau ihr Fall zu sein. Wäre sie doch nicht so schüchtern und könnte auf ihn zu gehen. So bleibt ihr nur, in seinem Vorzimmer zu sitzen und auf den Blick seiner Augen zu warten. Gibt es da für sie die Hoffnung auf ein Happy End? Oder eher nicht?"

112 Seiten für 6,49 Euro

„Das Tor zum Paradies"
Die ISBN lautet: 978-3-7528-5837-2
Altersempfehlung: ab 16 Jahre

„Drei junge Frauen verbringen den Urlaub gemeinsam. Sie sind Freundinnen und obwohl sie nicht auf der Suche nach dem Glück sind, finden sie es dennoch. Eine jede von ihnen anders, einzigartig und genau so, wie sie es sich schon immer, vielleicht ohne es zu wissen, gewünscht hat.

Geben sie ihrer Liebe eine Chance? Oder fahren sie, nach einem Urlaubsflirt, wieder alleine nach Hause?"

124 Seiten für 6,49 Euro

„Ein Kater rettet das Weihnachtsfest"
Die ISBN lautet: 978-3-7481-2863-2
Altersempfehlung: ab 16 Jahre

„Ihr ganzes Leben scheint in Scherben gebrochen zu sein. Kurz vor Weihnachten sitzt Karo in ihrer Wohnung und heult sich ihre Seele aus dem Leib. Alles kommt ihr so sinnlos vor. Doch dann klopft ein kleiner Kater an ihr Fenster und wirbelt ihr ganzes Dasein durcheinander.

Wird es vielleicht doch noch ein schönes Weihnachtsfest für die junge Frau?"

236 Seiten für 8,49 Euro

Aktuelle Informationen und Neuerscheinungen finden sie immer im Internet unter:

www.Goeritz-Netz.de